KB261103

아빠가 쓰고 엄마가 그린 사랑 나누기

민들레처럼

아빠가 쓰고 엄마가 그린 사랑 나누기

민들레 처럼

권순긍 지음/최선옥 그림

문학동네

아이를 키우는 부모의 눈으로 세상을 살피고 느끼느라 얻게 되었을
경이와 발견과 의심을, 소박한 형식에 담아서
조각상보처럼 아기자기한 '모자이크'를 보여줍니다.

따뜻한 삶의 결이 만드는 '모자이크'

이철수(판화가)

외동아들인 용득이의 어머니 아버지가 책을 엮었답니다. 어머니가 그림을 그리고 아버지는 글을 썼는데 한가정 안에서 일어난 일이라 온식구가 같이 만든 책이라 해도 좋겠습니다.

세 식구 가운데 제가 자주 만나는 사람이 대학에서 선생노릇을 하는 권순긍 교수라서 용득이네 식구들에 대한 인상은 대개 그를 통한 것입니다. 주말이면 상경하고 주초에는 제천에 내려와 강의를 하다가 다시 서울로 올라가는 그는 두집살림의 와중에도 지역예술단체에서 제몫을 잘도 해냅니다. 시간을 쪼개 써야 하는 바쁜 생활중에도 영상에 관심을 두어서 영화강좌를 개설하기도 하는 것을 보면 그의 부지런함은 타고난 것입니다. 크게 취하는 법은 없이, 한잔 술로 즐거워져서 좌중을 이끌어가는 이야기 솜씨도 보통이 넘습니다. 하지만 밤늦은 시간에도 전화 한통을 넣어서 아내에게 취침인사를 올리고서야 편한 얼굴로 다시 이야기에 끼어드는 곰살맞은 애처가이기도 합니다. 지방대학의 교수생활과 지역민들과 어우러지는 문화활동에 두루 애정을 가진 그는, 아예 제천에 내려와서 살고 싶어하지만, 그 꿈은 아직 이루어지지 않았습니다. '열린학교'에 다니는 용득이나, 미술교사를 하는 아내의 사회활동이 그의 발목을 잡고 있는 셈입니다. 사회활동을 하는 아내에게나 열린교육을 받는 용득에게 그는 이상적인 가장입니다.

그 아내가 색지를 오리고 붙이고 공글려서 만든 일러스트와 그가 쓴 글을 보면서 받은 인상 역시 가정을 소중히 여기는 사람들이 나누는 대화이거나 모종의 교감이라는 느낌이었습니다. 늘 함께 지내지 못하는 아이에게 미안해하는 심정을 포함해서, 책이라는 상품이기 이전에 책에 등장하는 세 식구가 사사로운 수준에서 확인하고 서로 나누는 의사소통이 엿보이더라는 말입니다. 한식구로 살다보면 서로 닮기도 마련이지만, 서로 모난 데를 다듬고 결을 삭이는 노력 없이 자연스럽게 손발이 맞아드는 부부나 가정이 되기는 어려운 법입니다. 의식적인 노력이 필요한 셈입니다. 그런 노력이 글과 그림에서도 읽힙니다.

그래서일까? 두 사람이 모두 당당한 문학인이고 미술인이면서도 세련과 원숙미를 탐내기보다, 아이를 키우는 부모의 눈으로 세상을 살피고 느끼느라 얻게 되었을 경이와 발견과 의심을 소박한 형식에 담아서 조각상보처럼 아기자기한 '모자이크'를 보여줍니다. 생명과 사물에 대한 찬탄과 애정이 중심을 이루는 것도 당연한 귀결이겠습니다. 그리고 바로 그 점에 이 책의 뜻깊은 아름다움이 있기도 합니다.

수줍고 혼잣생각이 많아 보이는 용득어머니는 한 땀씩 공들이는 수놓기나 바느질처럼 따뜻한 삶의 결이 담뿍 깃들어 있는 색지 작업을 보여줍니다. 남에게 보이기 전에 곁에 두고 쓰면 좋겠다 싶은 정겨운 아름다움이 돋보입니다. 또래 아이들과 다를 바 없이 호기심으로 가득한 용득이에게도 더없이 좋은 선물이겠습니다.

한가족이 사랑으로 만들어서 서로에게 드리는 선물인 셈입니다. 그이들의 생활이 사랑과 따뜻함으로 차 있어서 이만한 선물도 얻게 되었을 것이 분명합니다. 부러워하면서, 누구라도 따뜻한 그 마음을 나누어 가지게 되시기를 빕니다.

1996. 7
백운에서 이철수

차 례

제1부

민들레에 비는 소원

아주 긴 얘기 하나 해주세요

용득이가 글을 읽지 못할 때, 우리들은 아이에게 매일 밤 얘기를 하나씩 해주곤 했다. 그것이 우리가 아이와 같이 오랜 시간 놀아주지 못한 부채를 갚는 방법이라 여겼다. 우리들은 밤이면 모두 용득이의 '세라자드'(아라비안나이트에 나오는 이야기를 잘하는 여주인공)가 되었다.

처음에는 엄마가 시작했다. 백일 때부터 아이에게 중얼거리며 얘기해주기 시작한 것이 다섯살이 돼서 얘기가 동이 나자 자연스레 내 몫이 되었다. 내 전공도 '고전소설'이어서 이왕 시작한 김에 이야기 수용에 대한 폭도 알아볼 겸해서

처음에는 그림책 수준의 짧은 얘기나 몇 개 해주면 될 줄 알았다.
아직 유치원도 다니지 않으니 지가 뭘 알겠냐고 여겼다.

본격적으로 달려들었다.

처음에는, 짧고 간단한 구조를 가진 이야기부터 시작했다. 이를테면 '금도끼 은도끼'나 '토끼의 재판' 같은. 그러던 것이 점점 길고 복잡한 이야기로 발전했다. '선녀와 나무꾼'이라든가 '콩쥐 팥쥐' '구렁덩덩 시선비'가 그 다음 단계에 등장한 이야기 목록이다. 하지만 아이는 여기에도 만족하지 않고 좀더 길고, 재미있는 이야기로 원했다.

'아기장수'나 '우렁이각시' '장산곶 매' 같은 조금 현실 비판적인 이야기 항목이 보태진 것도 그 무렵이었다. 그래도 아이는 재미있게 받아들였다. 그 다음 단계는 소설이다. '흥부전'이나 '홍길동전' '심청전' '토끼전' 등을 무려 삼십 분 이상이나 걸려 자세히 이야기해주곤 했다. 그랬더니 만족스러워하는 것이 아닌가.

처음에는 그렇게까지 진도가 나갈 생각이 아니었다. 그림책 수준의 짧은 얘기나 몇 개 해주면 될 줄 알았다. 아직 유치원도 다니지 않으니 지가 뭘 알겠냐고 여겼다. 그런데, 그게 아니었다. 아이는 이야기 속에서 성장했다. 마치 해면이 물을 빨아들이듯 모든 이야기를 받아들이며 그 속에서 세상을 읽는 것이 아닌가. 선과 악, 가치 있는 것과 그렇지 못한 것, 합리성과 비합리성, 옳은 것과 그른 것 등을 구분해나갔다.

아이는 이야기 속에서 성장했다. 마치 해면이 물을 빨아들이듯
모든 이야기를 받아들이며 그 속에서 세상을 읽는 것이 아닌가.

16

이야기를 들으면서 끊임없이 이런 문제들을 질문한다. "아빠, 구렁이가 어떻게 해서 사람이 돼요?"라든가 "왜 흥부는 그렇게 가난해요?" 등을 물어오면 사실 난 "응, 그거야 이야기니까 그래" 외에는 대답할 말이 없었다. 그러면서 이야기 구조와 거기에 나타난 세상을 읽어간다.

이제 아이에게 이야기해주는 것이 정말 장난이 아니었다. 난 잠자리에 들기 전에 책을 뒤적이며 어떻게 효과적으로 이야기하나를 고민해야 했고, 불쑥 튀어나오는 질문에도 대처해야 했다. 용득이는 내가 올 때까지 잠들지 않는다. 난 좀 늦게 들어오는 편인 데다 술까지 한잔 마시면 귀가가 열두시를 넘기기 쉬운데, 그때까지 용득이는 자지 않고 기다렸다.

그리곤 책꽂이로 쪼르르 달려가 내가 뒤적이는 책을 얼른 꺼내서 "아빠, 이야기책 보고, 재미있고 긴 얘기 해주세요" 하곤 한다.

고전소설을 거쳐 조선후기의 역사적 실상이 잘 반영된 '야담(野談)' 혹은 '한문단편'까지 훑고 나니 그새 삼 년의 세월이 지나갔다. 정말 '천일야화(千日夜話)'가 된 것이다.

자리에 누워서 "아주 긴 얘기 하나 해주세요" 하면 그때부터 우리는 모두가 이야기의 세계 속으로 들어간다. 도깨비도 나오고 때로는 장수가 되어, 갑옷에 말을 타고 전장(戰場)을 달리기도 한다.

긴 얘기 하나 해달라는 말은 동화의 동굴로 들어가는 주문(呪文)과도 같았다. 아마 용득이는 그렇게 생각하리라. 그래서 그 동굴이 되도록 길었으면 좋겠다고 느꼈는지도 모르겠다. 얘기가 길어지면서 용득이도 자랐다. '삼국지연의'(이 얘기는 하도 길어서 무려 일 주일이나 걸렸다)를 구연(口演)할 때는 이미 용득이도 책을 잘 읽을 무렵이었다. 그런데도 이야기를 해달라고 졸랐다. 외로운 책읽기보다 엄마, 아빠 모두와 같이 떠나는 이야기 여행이 더 즐거웠던가 보다.

그런데 학교에 들어가 용득이가 숙제에 시달리면서 (밤늦도록 숙제를 해야 다 할 수 있으니) 우리는 더이상 이야기의 세계를 여행할 수 없었다. 아이가 겪어야 할 현실세계가 우리 세 가족에게 꿈꾸기를 금지시켰기 때문이다.

용을 타고 하늘로

우리 아이의 이름은 용득(容得)이다. 용(容) 자가 돌림자인 까닭에 득(得) 자만 추가된 것이다. 이름을 풀이하자면 "얼굴(인물)을 얻었다"는 뜻이 된다. 시를 쓰시는 구용(丘庸) 선생님이 지어주셨다.

그런데 '용' 자가 들어가면 이름이 왜 그리 어색하거나 촌스러운지 애기일 때 이름을 부르니 사람들이 모두 웃었다. 애기 이름 같지 않다는 거였다. 아마 촌스럽다는 말의 우회적 표현일 거다. 그래도 우리는 그 이름이 귀엽기만 했다. 다소 억세기는 해도 얼마나 '민중적'이냐며 좋아했다.

문제는 아이에게 있었다. 이름의 '용' 자가 얼굴 용(容) 자인데 자기는 용 용(龍) 자라며 득의만만해하는 것이 아닌가. 그 무렵이 마침 '드래곤 볼'이라는 만화가 아이들 사이에 선풍적 인기를 끌 때였다. 자신의 이름에 용(Dragon)이 들어 있으니 얼마나 신나겠는가.

한자의 뜻을 일일이 설명해줄 수도 없고 우리는 그냥 내버려뒀다. 꿈보다 해몽이 중요하다고 글자야 어쨌든 거기서 긍지를 느끼니 얼마나 다행인가.

게다가 애기엄마가 꾸었다는 태몽인즉 지붕이 꽉 차도록 커다란 용이 앉아 장난스럽게 웃고 있다는 거였다. 그 밑으로 뱀들이 우글거리고, 용은 막 하늘을 오르려는 채비를 하고 있었다고 했다. 폼나지 않고 장난스럽다는 게 좀 걸리긴 했지만 까짓 것 장난스러우면 좀 어떠랴 했다.

하지만 학교에 입학하고부터 사태가 달라졌다. 아이들이 이름을 안 부르고 별명을 부르는데, '용' 자나 '득' 자가 들어가면 그 별명이 좀 많은가. '용칠이' '용팔이' '용가리'……게다가 '득' 자는 또 어떻고. '칠득이' '팔득이' '메뚜기' 등 붙이는 대로 재미있는 별명이 된다. 애들은 '칠득이' '팔득이' 하며 불러댔고 그 때문에 아이는 퍽이나 자존심이 상했는가 보다.

하루는 자기 이름을 왜 그렇게 지었냐며 따지는 것이 아닌

가. 그래서 우리는 이름이 중요한 게 아니라 그 이름을 부르는 게 더 가치 있는 일이라 했다. 이름을 누군가 불러줌으로써(비록 별명이라 하더라도) 자기의 존재가 의미 있어진다고 했다(그렇게 어려운 말은 쓰지 않았지만). 그리고 너는 용을 타고 하늘로 당당하게 오를 것이라 했다.

이제는 별명에 연연해하지 않는다. '칠득이'라고 하건 '팔득이'라 하건 씩씩하게 돌아다닌다. 오히려 자기도 다른 애들의 별명을 부르며 더 신나한다. 병기는 '변기통', 은래는 '걸레'하며 깔깔댄다.

장난스런 용의 태몽을 꾸어서 그런가?

비록 별명이라 하더라도 누군가 이름을 불러줌으로써
자기의 존재가 의미 있어진다고 했다.

나도 같이 해요

아이와 같이 하는 일 중에서 가장 신나고 즐거운 것 중의 하나는 음식만들기이다. 찌개를 끓이고, 고기를 굽고 하는 거야 같이 하기 어렵지만 빵을 만드는 일은 그리 어렵지가 않다.

어머니가 살아 계실 때 우리 형제들은 쭉 늘어앉아 한 가지씩 일을 해야만 했다. 이를테면 도넛을 만든다면 누구는 고운 체로 밀가루를 치고, 누구는 버터를 녹이고, 누구는 계란 흰자로 거품을 내고…… 나중에 밀가루를 반죽해서 홍두깨로 적당한 두께로 편 다음 동그랗게 찍어내고 또 기름에 튀기곤

아이가 조물락거리고 만든 동물 모양의 도넛이
주말의 저녁식탁을 풍성하게 준비하고 있지 않은가.

했다. 음식을 만들어 입에 들어가는 것보다 그 부산스러움이 좋았다. 어머니는 남자도 부엌일을 해야 한다며 우리 형제들에게 많은 요리를 가르쳐주셨다.

특별한 일이 없는 주말이면 아내와 아이와 부산을 떨며 음식을 만들고 싶다. 누가 집을 방문한다거나 음식이 필요해서가 아니다. 그냥 이렇게 즐기는 것이다. 놀이와 노동이 하나가 되는 기쁨을 맛보기 위해서랄까. 뭐 그런 이유에서다.

가장 손쉬운 일은 도넛을 만들거나 오징어 튀김을 만드는 일이다. 예전에는 밀가루를 쳐서 고르고 베이킹파우더를 넣고 계란 거품을 만들었는데, 요즘은 도넛 가루, 튀김 가루가 있어 반죽을 해서 튀겨내면 된다.

그래도 난 예전의 방식대로 계란 흰자로 거품을 만든다. 도넛이 잘 부풀어오르게 하기 위해서지만, 음식은 이렇게 부산을 떨며 해야 좋기 때문이다.

내가 계란 거품을 만들고 아내가 반죽을 할 때면 용득이도 어김없이 끼어든다. 그래서 앞치마를 걸치고 손에 밀가루를 묻혀가며 도넛을 찍어낸다. 그 순간만은 우리 모두에게 일과 놀이가 하나가 된다. 용득이도 지겨운 숙제나 문제풀이를 하는 것이 아닌, 흙장난을 하듯이, 게임을 하듯이 일을 한다.

도넛이나 오징어 튀김을 튀기는 일은 나의 몫이다. 큰 대바구니에 가득되는 음식을 이집 저집 돌리고 나면 남는 것은

별로 없다. 하지만 하루가 얼마나 즐거운가. 아이가 조물락거
리고 만든 동물 모양의 도넛이 주말의 저녁식탁을 풍성하게
준비하고 있지 않은가.

터를 지키는 솟대

풍농(豐農)을 보장하며 마을을 지키는 솟대. 수호신에 어울리지 않게 높다란 장대 끝에 나무로 깎은 물오리(혹은 기러기) 한 마리가 외롭게 앉아 있다.

저녁놀을 배경으로 역광으로 처리된 솟대의 사진을 본 적이 있다. 장승처럼 무섭게 부릅뜬 눈이나 당당한 풍모와는 정반대의 가냘프고 한없이 쓸쓸한 이미지. 게다가 두 마리가 짝을 이루는 법도 없이 한 마리만 덩그러니 앉아 있다. 적어도 그것은 수호신이라기보다 외로움과 슬픔의 상징으로 다가온다. 훌쩍 버리고 떠날 수 없는 삶의 고단함 혹은 지난함이 그렇게 드러났으리라.

아내는 나에게 자주 솟대 이야기를 한다. 일을 몰고 다니
는 데다 지금은 멀리 떨어져 주말에나 올라오니, 자신의 처지
는 장대 끝에서 먼 하늘만 응시하는 솟대 위의 기러기라고.
장대 끝에 박혀 있어 하늘을 자유롭게 날 수도 없는.

하지만, 그럼으로써 이 터를 지킨다. 그건 위로가 아니라
감사의 말이다. 아내는 솟대다. 한없이 여린 가슴으로 고통과
쓸쓸함을 감내하기 때문이다. 아내의 존재를 인식함으로써
비로소 왜 저 가냘프고 보잘것없는 나무 기러기가 마을의 수
호신 역할을 하는지를 이해하게 된다. 당당함과 엄함이 아니
라 가냘픔과 외로움으로 그곳의 고통을 받아들이기 때문에,
그 고통을 다독여주기 때문에, 함께하기 때문에 수호신이 되
는 것이다.

지킨다는 것은 외로움이고 기다림이다. 빛나는 투쟁이 가져
다주는 영광이 아니라, 안으로 상처를 감싸야 하는 허망함이다.

아내는 솟대 위에서 날겠다고 한다. 하지만 한번도 비상을
시도해본 적이 없다. 못 하는 것이 아니라 안 하는 것이다.

"청천 하늘엔 잔별도 많고 우리네 가슴속엔 수심도 많다"
는 민요가락처럼 삶은 그런 거라며 외로움과 고통을 감내한
다. 부릅뜬 눈의 풍채 좋은 장승보다 더 빛나는 솟대. 솟대
위의 기러기. '아내'라는 이름. 그 처연한 아름다움.

전설 속의 전사

　　제천에서 내가 알고 지내는 선배 중에 김연호(金然浩) 선생이 있다. 직업은 수의사지만 문화에 대한 안목이 뛰어나고 지역에서 많은 일을 하고 있어 늘 존경해오던 터이다. 그래서 방학 때 제천에 갈 일이 있으면 식구들을 끌고 가 그 집에서 신세를 지기도 한다.

　　그 집은 우리 같은 '뜨내기 서생(書生)'들을 주눅들일 만한 요소가 많다. 지역에 뿌리를 내리고 이십 년 이상이나 살아오던 터라 그 여유와 안정이 특히 부럽다.

　　너른 서재에 온갖 책들을 갖춰놓고 우리가 찾아갈 때면 녹

차를 달여 여유롭게 한담을 즐기는 그 풍모가 여간 부러운
게 아니다. 살고, 일하고, 노는 것(너무 경박한 표현인가?)이
하나로 일치하는, 삼위일체의 풍성한 삶을 거기서 발견한다.

그런데 그분의 취미는 문화재를 수집하는 것이다. 도자기
부터 와당, 석기시대 유물에 이르기까지 박물관을 방불케 한
다. 수억대의 유물을 이미 청주 박물관에 기증한 터이지만 그
래도 남아 있는 부스러기들만 모아도 족히 지방의 작은 박물
관 규모는 된다.

책장의 앞쪽에 석기시대 유물들을 죽 늘어놔 처음 가는 사
람을 놀라게 한다. 돌화살촉, 돌칼, 돌도끼, 토기 파편, 발화
석(發火石) 등 박물관 진열장에서나 볼 수 있는 석기시대의
유물들이 방 안에 널려 있으니 어찌 놀라지 않겠는가. 술 한
잔 먹다가도 만져보고, 차 한잔 마시고도 쓰다듬어 본다.

용득이를 데리고 그 집에 간 일이 있었다. 유리창 안에 진
열된 유물이 아니라 일상의 주변에 자연스럽게 널려 있는 유
물을 보게 하기 위함이다. 역시 예상대로 서재에 들어간 순간
'우와'라는 감탄사를 연발하며 쥐었다 놨다 법석을 떨었다.
그러다가 신석기시대로 추정되는 길이 이십 센티가량 되는
돌칼을 번쩍 치켜들었다. 정교하게 다듬어져 있는 신석기시
대의 마제석기는 고대의 어느 전사(戰士)가 썼음직하게 푸른
빛을 띠고 있었다. 기원전 삼사천 년 전에 제작된 것이니 오

천 년을 뛰어넘어 그 돌칼이 현대의 인간을 만난 것이다. 전설로나 전해지는 고대의 전사. 적이나 동물들과 마주했을 그 전사의 손에 들려진 칼이 이제 아이의 손에서 허공을 가른다.

용득이는 그 칼이 탐이 나는지 "이거 가지면 안 돼요?" 한다. 우리는 기겁을 하고 칼을 뺏어 진열대에 올려놓는다. 첨단과학과 문명의 틈바구니에서 왜소해진 인간의 꿈, 원시의 꿈을 복원했던 것만으로 만족해야 한다. 지금 그걸 갖고 도대체 무엇에 쓰겠는가. 원시의 꿈을 꿀 수 있는 소도구에 불과한 것을. 야성이 사라진 이 시대에.

엄마, 잘못했어요

아이가 잘못을 저지르면 우리는 무식하게도(!) 가끔 매를 든다. 싸리나무 가지를 잘 다듬어 회초리를 만들어둔 터이다. 아마도 교사 생활을 오래 해서 회초리를 드는 것에 익숙해진 탓도 있지만, 아이에게 자신의 잘못을 따끔하게 그리고 강하게 인식시켜주고 싶은 이유 때문일 거다.

대개의 경우는 야단으로 그치지만 이기적인 행동을 하거나 거짓말을 하는 경우는 예외다. 친구들과 다투거나 해야 할 일을 게을리 하는 경우는 사실 야단칠 만한 것도 아니다. 아이들이 그렇지 않은가. 하지만 조그만 녀석이 벌써 세상의 약삭

매 맞고 눈물을 뚝뚝 흘리다가도 오 분 정도 지나면 룰루랄라 하고
콧노래를 부르며 나와선 아무 일도 없었다는 듯이 재잘거린다.
매를 우습게 아는 걸까?

빠름을 배우는 것은 용납할 수 없다. 그건 어른이 돼서도 종아리맞을 짓이 아닌가. 생각해보라. 그런 사람들에 의해 세상은 얼마나 혼란스러운가!

용득이가 매맞을 짓을 했을 때 우리는 주저 없이 책장 위칸에 놓아둔 회초리를 꺼내 종아리를 걷으라 한다(사극에나 등장하는 이 전통적인 방식으로). 그러면 아이는 설마 때리랴 싶어 눈을 껌벅이며 쳐다본다. 애처로운 빛이라도 띠면 마음이 흔들릴 텐데 왜 이럴까 하는 식으로 멀거니 보고 있으니 차라리 다행이다. 아니, 오히려 내가 뭐를 잘못했을까 싶은 표정이다. 그러면 일단 한 대를 때리고 본다. 맞는 순간 용득이는 '이크, 정말 때리네'라고 생각하는지 재빨리 몸을 피해 도망간다. 가장 애용하는 장소가 둥그런 식탁 주변이다. 같은 속도로 식탁 주변을 뱅뱅 돌면 매를 피할 수 있기 때문이다.

물론 아주 심각한 경우에는 그러지도 못하지만 눈치를 봐서 가능하겠다 싶으면 얼른 몸을 피한다. 종아리를 한 대 맞고 도망가는 아이와 아이를 잡으려는 부모…… 식탁을 한 바퀴 돌고 나면 때리려는 마음이 사라진다. 오죽하면 매를 피해 도망가랴.

아이를 때리고 나면 그 교육적 효과가 좋으니 나쁘니를 떠나서 일단 마음이 아프다. 게다가 눈물이라도 뚝뚝 떨어뜨리면 이 녀석 가슴에 상처를 낸 것이 아닌가 걱정이 된다.

사실 아이가 자신에게 가해진 매의 의미를 제대로 알 때는 훨씬 자라서이다. 혹은 아, 그때 나를 때린 것이 이런 이유 때문이었구나를 영영 모르고 증오심만 키우는 경우도 있지 않은가.

그래서 매맞은 아이가 방문을 닫아 걸고 울고 있으면 그 때의 부모 심정이란. 내가 저 애에게 증오심만 심어주었구나 고 가슴을 후벼파는 몇 배의 고통을 감내해야만 한다. 다행히 용득이는 뒤끝이 없다. 매맞고 눈물을 뚝뚝 흘리다가도 오 분 정도 지나면 룰루랄라 하고 콧노래를 부르며 나와선 아무 일 도 없었다는 듯이 재잘거린다. 매를 우습게 아는 걸까? 이거 별거 아니네 하듯이. 우리는 휴, 하고 가슴을 쓸어내린다.

분수처럼 뿜어져나오는 맑은 영혼

꿈 그리고 내일

아이가 잠을 잔다. 피곤한 몸을 쉬는 것인지, 내일의 꿈을 엮어가는지. 그 얼굴에선 끊임없이 맑은 영혼이 분수처럼 뿜어져나온다. 그 맑은 영혼에 의해 세상은 정화된다. 얼굴을 만져본다. 그리고 손을 쥐어본다. 깊은 밤, 별빛은 아직도 초롱한데.

민들레에 비는 소원

아이가 태어났을 때 우리는 그가 착하게 살길 빌었다. 그리고 밝고, 건강하게 자라길 기원했다.

용득이를 생각할 때 우리는 민들레를 떠올린다. 수천 수만의 홀씨로 산화하여 어느 곳에서나 뿌리를 내리고 아름다운 꽃을 피우는 민들레. 그 민들레처럼 살아가길 바랐다.

돌보는 이 없어도 건강하게 뿌리를 내리고 아름답게 꽃을 피우는 혹은 튼튼한 줄기와 무성한 가지, 풍성한 잎으로 뒤덮일 나무처럼 자라길.

"모든 이론은 회색이고, 푸른 것은 저 삶의 황금나무"라는

'파우스트'의 대사처럼 건강하고 풍성한 삶을 살아가길 바랐다. 지금도 그렇다. 맞벌이 부부의 분주함 그리고 때론 회한이 뒤섞인 우리의 일상 속에서 용득이는 분명 한줄기 싱싱한 푸르름이다.

아이가 민들레에 입을 대고 분다. 바람에 날리는 홀씨들. 저 홀씨가 낙하한 곳에 또다른 민들레가 피어나리라. 그리하여 꿈이 뿌리를 내리고, 줄기를 세워서 아름다운 꽃으로 실현되리라.

우리는 아이에게 아무것도 강요하지 않으려 한다(쉽지는 않지만). 그건 부모의 욕심이기 때문이다. 저 민들레의 홀씨처럼 스스로의 생명력을 지닌 채 이 세상을 떠돌며 자기가 뿌리 내릴 곳을 찾아 아름다운 꽃을 피우면 족하지 않은가. 어느 곳에선가 무엇을 하건 세상을 밝게 해주는 일이 있을 것이다.

하지만 무엇을 더 바랄 것인가. 푸르고 싱싱하게 자라면 그만인 것을.

제2부

들꽃 같은 아이

빗속의 작별

작별은 연습이 없다고 했던가. 늘 급작스레 다가온다. 엄마는 그 작별을 매일 겪는다.

엄마가 근무하는 학교가 아이의 학교를 거쳐가는 까닭에 아이와 조금이라도 더 시간을 갖게 하기 위해 아이를 학교까지 데려다주고 출근하는 것이다.

비가 몹시 내리던 날, 엄마는 차로 아이를 학교까지 데려다준다. 문을 열고 아이가 내리는데 비가 와서 그런지, 엄마와 더 시간을 갖고 싶어 그런지 머뭇거린다. 우산을 펴고 차문을 닫았지만 발길을 돌리지 않고 엄마를 물끄러미 쳐다본다. 오늘 같은 날은 학교에 가지 않고 엄마와 하루 종일 놀았으면 하는 생각을 했는지도 모른다.

차창을 내린 엄마는 "빨리 들어가"라고 말한다. 이윽고 아이가 발길을 돌리는데 작별을 하느라고 하얀 손을 내밀어 흔든다. 엄마의 눈에 들어오는 건 노란 우산과 하얀 손. 그리고, 비가 내린다. 오늘의 작별이 끝난 것이다. 엄마는 이제 또 하루를 시작해야 한다.

오늘 같은 날은 학교에 가지 않고 엄마와 하루 종일 놀았으면.

열쇠목걸이

맞벌이 부부의 아이는 모두 목에 숙명처럼 슬픈 표식을 걸고 다닌다. 집 열쇠목걸이다. 그리하여 학교가 파하고 집에 돌아오면 아이를 맞는 건 텅 빈 공간과 그것이 주는 쓸쓸함뿐이다.

"학교 다녀왔습니다" 하면 "그래, 잘 다녀왔냐" 하는 말 한마디가 피곤한 아이를 얼마나 달래주는가. 누군가 집에서 자기를 기다린다는 사실 하나가 얼마나 우리의 삶을 의미 있게 하는가를 안다면, 텅 빈 집의 현관을 열어야 하는 아이의 고통은 충분히 짐작할 수 있을 것이다. 열쇠목걸이는 공허함이나 외로움과 싸워야 하는 천형(天刑)의 낙인이다. 열살도 안 된 아이에게 그 낙인을 찍는다는 것은 부모의 가슴을 저미는 일이다.

아침에 아이와 같이 출근을 서두르면서 엄마는 아이의 목에 열쇠를 걸어준다. 슬픈 숙명의 노예처럼 열쇠목걸이를 거는 순간 부모의 모습은 사라지고 천형의 낙인만이 가슴에서 빛난다. 이제 아이는 또 하루를 빈 공간과 힘겹게 싸워야 하리라.

하지만 정작 열쇠목걸이를 건 용득이는 그 싸움에서 쉽게 이겼다. 아이는 저절로 자란다 했던가. 우리는 정말 아이를 '들꽃'처럼 키웠다. 적당한 수분과 햇살을 받으면 아무도 돌보지 않는데도 꽃을 피우는 들꽃처럼.

용득이는 학교만 갔다오면 가방을 내팽개치고 친구를 찾아나선다. 친구가 없으면 그 집에 들어가 천연덕스럽게 놀기도 한다. 노는 소리가 들려 방안을 들여다보면 용득이가 혼자 놀고 있다고 동네 아줌마들이 얘기한다. 목이 마르면 아무 집에나 들어가 물을 얻어먹는다. 동네에선 그러는 용득이가 기특하다고 여기저기서 챙겨주었다. 특히 같은 층에 사는 반장할머니는 친손자처럼 귀여워해주었고, 아래층에 사는 병기네는 용득이를 거둬먹였다. 우리가 없을 동안 동네에서 용득이를 키운 셈이다. 용득이는 자랑스레 열쇠목걸이를 걸고 다녔고

우리는 정말 아이를 '들꽃'처럼 키웠다. 적당한 수분과 햇살을 받으면,
아무도 돌보지 않는데도 꽃을 피우는 들꽃처럼.

집에 아무도 없다는 것에 조금도 개의치 않는 듯했다.

그런데 해가 짧아지고 날이 추워지자 동네를 떠돌아다니는 것이 뜸해지는가 싶더니 하루는 엄마가 현관문을 여니 용득이가 어두운 방구석에서 불도 켜지 않고 쪼그리고 앉아 있는 것이 아닌가. 어둡고 빈 공간과의 싸움에서 조금씩 지쳐가고 있는 빛이 역력했다.

용득이를 맞아줄 사람이 필요했던 게다. 같이 놀아주지 않더라도 "학교 잘 다녀왔니?" 하면서 옆에서 지켜볼 사람이 필요해진 것이다. 우리는 결국 반장할머니에게 그 일을 부탁했고 반장할머니는 친손자처럼 용득이를 보살펴주었다. 용득이를 데리고 밖에 나가면 사람들이 친손자냐 외손자냐 물어본단다. 그러면 반장할머니는 어떤 때는 친손자라 하고 어떤 때는 외손자라 한다.

반장할머니가 용득이를 봐주신 뒤론 아이의 목소리가 한결 씩씩해졌다. 용득이의 목에서 천형의 열쇠목걸이도 벗겨졌다. 그건 누군가 지켜줄 사람이 있다는 증거다.

거, 잠 좀 잡시다

부부싸움이란 대개 사소한 데서 시작된다. 이를테면 물건을 고른다거나 집안일을 하다가 서로 의견이 맞지 않았을 때 그것이 '싸움'(사실은 논쟁이라는 표현이 더 적합하다)으로 발전한다.

문제는 '자존심'이다. 그걸 포기하고 반 박자만 늦추면 간단하게 해결될 건데 이상하게 오기가 발동하여 서로의 감정이 격화된다. 부부싸움의 조건은 대개 남자가 제공한다. 집안일을 하다 보면 여자가 분담해야 될 일이 그만큼 많고 상대적으로 남자들은 면책된다. 그러다 보니 남자라는 족속에 대해 못마땅했으리라.

　신문지를 뒤적이는 나를 보고 좀 도와주면 안 되겠느냐고
한다. 말에 가시가 있다. 나는 잠자코 일어나 도와줄 일을 찾
아 하면 되지만 무슨 말을 그런 식으로 하느냐고 한마디 한
다. 그러면 아내는 기다렸다는 듯이 도대체 집 안에서 하는
일이 뭐냐고 하고, 나는 왜 그렇게 몰아세우냐 한다.(이 대책
없는 자존심!)

　다음은 과거 일을 들추며 서로의 잘못을 꼬집어내어 가슴
에 상처를 준다. '흠집내기'인 셈이다. 왜 그리 잘못한 일이
많은지 여기서 진을 뽑고 나서 삼 라운드에 들어서면 기진맥
진해진다. 그래서 서로 잘못 결혼했느니 하는 말이 오간다.
자주는 아니지만 가끔 갈라서자는 말도 나온다.(그렇지만 서
로가 이혼을 결심한 적은 한번도 없다.)

　당신 때문에 내 인생 망쳤다는 말까지 나오게 되면 이제
갈 데까지 갔다는 징표다. 우리도 안다. 그런 말이 상대방의
상처를 할퀴고 치유할 수 없는 고통의 나락에 떨어뜨린다는
것을. 하지만 어쩌랴. 서로가 내뱉는 말들이 상호 고양되어
여기까지 이르게 된 것을. 이 정도에 이르면 부부싸움이 끝날
때다.

　한번은 서로 증오하지도 않는데 왜 부부싸움을 할까 하고
같은 학교에 근무하는 천사 같은 선생님에게(그 분은 한번도

성내지 않고 학생들을 야단치지도 않아 별명이 '천사'다) 당신네들도 부부싸움을 하냐고 물어봤다. 그랬더니 상당히 자주 한다는 것이다. 이유인즉 서로의 행동이 기대에 어긋나기 때문이라는 거였다. 그래, 부부싸움은 서로의 사랑과 믿음에 대한 집착에서 생겨난다. 이것마저 없다면 정말 득도(得道)했거나 무관심한 경우다. 평생을 부부싸움 없이 지냈다고 하면 그건 대단한 인내심의 소유자거나 아니면 거짓말이다.

요즘은 부부싸움을 하려고 해도 아이의 눈치를 본다. 애가 커감에 따라 혹시나 나쁜 영향을 받을까봐서다. 아이가 어렸을 때는 서로 언성이 높아지면 엄마, 아빠의 눈치를 보며 어쩔 줄을 몰라했다. 때로는 눈물을 글썽이며 울먹일 적도 있었다. 그러면 우리는 서둘러 화해해야 했다.(이런, 부부싸움도 마음껏 못하다니.)

그런데 애가 크니 형편이 조금 나아졌다. 아이가 잠든 틈을 이용해 일을 치르면 됐다. 혹시 현장을 들키더라도 아이는 태연하다. "또 잔소리 하네"라고 할 정도다. 아이의 눈에는 우리가 언성을 높이는 것이 그렇게 심각하지 않은 모양이다. 잔소리 정도로밖에 인식되지 않으니 말이다. 아이도 어쩌면 부부싸움의 비밀을 아는지도 모르겠다. 밤늦게까지 서로 으르렁거리며 가슴을 할퀴지만 아침이면 아무 일 없었다는 듯이 서로의 상처를 보듬어주는 모습을, 그것이 지지고 볶으며 사는 우리들의 삶이라는 것을.

한번은 용득이가 잔 틈을 이용해 언성을 높여가며 부부싸움을 한 적이 있었다. 그날따라 왜 그리 뒤틀린 일이 많았는지 3라운드까지 무려 한 시간이 넘게 언쟁을 벌였다. 그런데 갑자기 용득이 방문이 열리더니 자는 줄 알았던 아이가 얼굴을 내미는 것이 아닌가. 그리곤 점잖게 "거, 잠 좀 잡시다" 하는 거였다.

우리는 기가 막혀 웃었다. 이제 우리의 비밀을 들켜버린 것이다. 아이도 안다. 아무 쓰잘데없는 소모전을 가끔 엄마, 아빠가 벌인다는 것을. 그것은 서로를 미워해서가 아니라 세상에서 부대끼며 살다가 쌓이는 고단함을 이렇게라도 풀어야 한다는 것을. 혹은 상대방(특히 아빠)의 무관심에 대한 문제 제기라는 것을 말이다.

머리에 가득 차 튀어나오려 해요

학교에 입학하기 전에 용득이도 여느 아이들처럼 피아노를 배우러 다녔다. 학원엘 다니는 것이 얼마나 효과가 있겠냐마는 아이에 대한 부모의 관심이 그런 식으로 해소된 것이다.

피아노 학원에 1년 가까이 다니더니 이 녀석이 겁 없이(!) 피아노를 사자고 했다. 우린 긴장해서 피아노 사는 것이 옳은지를 점검해야 했다. 모차르트 정도 된다면 까짓 것 빚을 내서라도 피아노를 사주겠지만 '체르니 100번' 정도 치는 수준에 피아노라니. 나는 대번 반대의사를 표명했다. 200만원 가까운 거금에 비해서 별 효과가 있겠냐는 것이었다. 음악가를 만들 것도 아닌데 야단법석을 떤다는 것은 아이들의 개성을 무시한 부모의 욕심 아니겠냐는 교육학적인 견해도 덧붙였다.(우리 부부는 모두 아이들을 가르치는 직업에 있는 탓에 유난히 이런 사안에 민감하다.)

아내는 아내대로 아이들의 소질은 모든 부분에 열려 있는데 그것이 발휘될 수 있는 계기를 만들어줘야 하지 않느냐고 했다. 우리의 논쟁은 며칠을 갔지만 결국 나의 '욕심론'은 아내의 '소질론'에 백기를 들고 말았다. 게다가 아내는 재형저축을 탄 탓에 삼백만원이 넘는 거금을 손에 쥔 상태였다.

그래 까짓 것 이백만원 투자해서 아이가 음악의 세계에 친근해진다면, 그리하여 자신의 삶을 좀더 풍요롭게 가꿀 수 있다면 무엇이 아까우랴. 이것이 내가 아내의 의견에 동조하게 된 '전향의 변'이었다.

피아노를 사자는 쪽으로 의견이 모아지자 아내는 일사천리로 일을 진행했다. 같은 학교의 음악선생에게 자문을 구하는가 싶더니 며칠 안 가 우리 집에 피아노가 들어오게 되었다.

용득이는 멜로디언을 칠 때와는 전혀 다른 맛인지 이것저것 닥치는 대로 피아노를 두들겼다. 아이에게는 피아노도 일종의 장난감이었다. 피아노 책에 있는 것을 치더니 그것이 재미가 없는지 음악책에 있는 것을 치기도 했고, 한참 유행하는 노래의 악보를 사다 달라더니 그것도 뚱땅거리고 쳤다. 이따금씩 용득이의 방에서는 '걸어서 하늘까지'라든가 '핑계' '일과 이분의 일' 같은 곡이 흘러나왔다.

그러더니 어느 날은 전혀 들어본 적이 없는 곡이 흘러나왔다. 아내와 나는 "이게 뭐지" 하면서 용득이에게 곡명을 물어봤다. 그랬더니 "제가 작곡한 거예요" 한다.

이런 세상에, 체르니도 떼지 못한 주제에 작곡이라니. 하지만 장난이라도 자기가 생각한 곡조를 친다는 게 신기했다. 작곡이 별건가 자기 생각을 음으로 표현하는 거지.

도레미파 정도밖에 치지 못하는 우리는 그게 신기해서 작곡한 곡들을 오선지에 옮겨놓으면 좋지 않겠냐고 했다. 그랬더니 용득이가 하는 말이,

"괜찮아요. 저는 머리에 가득 차 튀어나오려고 해서 치는 거예요."

"제가 작곡한 거예요."

사십 센티로 해결했어요

우리가 '물자절약'에 대해서 너무 많이 얘기했나 보다. 학교에서 학생들에게 물자절약에 대해 소위 '훈화'하던 버릇이 있어 그런지 용득이에게도 물건을 아껴쓰라고 잔소리를 한다. 사실 요즘 애들은 가난을 경험하지 않아 그런지 용돈이나 물건을 쓰는 것이 너무 헤프다. 필요하다고 하면 돈을 주고, 물건을 사주니 아쉬울 게 무엇이 있는가.

음식도 먹다 남기기 일쑤고, 학용품도 끝까지 다 쓰는 게 어디 있는가. 우리가 너만했을 때 얼마나 힘들게 살았는가를 얘기하면 용득이는 기가 막힌다는 듯이 "그때야 그때고, 지

"엄마, 사십 센티로 해결했어요."

금은 지금이잖아요” 한다. 정말 아쉬움 없이 풍요 속에 자라 그런지 아까운 걸 모른다.

필통도 서너 개씩 되고, 연필은 개수를 헤아리기 어려울 정도로 많다. 그러다 보니 온 방구석에 연필이 굴러다닌다. 우리는 연필이 귀해서 볼펜 껍질에 연필을 꽂아 거의 다 닳을 때까지 썼는데. 사정이 이러니 어찌 잔소리가 없겠는가. 하도 귀에 못이 박이게 얘기하니 효과가 있었나 보다.

하루는 화장실에 들어갔던 용득이가 나와서 엄마에게 화장지의 한 칸이 몇 센티냐고 물어보았다.

“한 십 센티 정도 되지.”

그러자 용득이는 “엄마, 사십 센티로 해결했어요” 한다. 우리는 처음엔 그 소리가 무슨 뜻인질 몰랐다. 한참 지나서야 그 진의를 알았다. 아니? 이런 세상에, 겨우 화장지 네 칸으로 해결하다니.

우리는 웃을 수밖에 없었고, 용득이를 다시 화장실로 돌려 보냈다.

“그건 일 미터로 해결해도 된단다.”

멋있게 보이고 싶어요

아이들은 미술을 만화를 통해 접근한다. 미술시간에 그리는 그림은 엉망이어도 만화는 열심히 보고 그린다. 만화는 아이들에게 미술적 상상력을 효과 있게 발휘시킬 수 있는 방식이다. 용득이에게는 그러했다. 책상에 앉아 열심히 그리고 있어 가보면 만화였다.

'드래곤 볼'이 인기가 있을 때(지금도 그렇지만) 주인공들을 그리는 데 많은 시간을 허비했다. 처음엔 트레이싱 종이(그 종이를 비친다 해서 용득이는 '빛종이'라 불렀다)를 대고 베끼더니 조금 실력이 좋아져 그냥 그렸다.

"아이들에게 멋있게 보이고 싶었어요."

그런데 자기가 생각한 것보다는 못했던가 보다. 외갓집에 갔을 때 사촌형보고 그려달라더니 지니고 다녔다. 그게 무슨 대단한 보물인 양 애지중지하더니, 학교에 가서 아이들에게 자랑했던 모양이다. 그 또래들이 한창 그런 데 민감해 있을 무렵이니 단박 반응을 보였다.

"야, 이거 누가 그렸냐?"

"대단한데."

"이거 나한테 줄래?"

용득이는 으쓱해져 자기가 그렸노라고 했고, 그 덕분에 상당수의 주문을 맡아가지고 왔다. 그렇게 멋있게 아이들에게 그려줘야 하는데 야단이 난 것이다. 결국 미술선생님인 엄마에게 부탁을 하게 되었고, 우리는 사태의 진상을 알고 펄쩍 뛰었다.

왜 자기가 그렸다 했냐고 다그치자 용득이는 별로 놀라는 기색도 없이 "아이들에게 멋있게 보이고 싶었어요" 하는 게 아닌가.

그날 엄마는 밤늦도록 아이가 주문 맡아온 만화를 그려줘야만 했다.

"엄마, 시간은 앙큼해요. 내가 놀 때는
시간이 후딱 가버려요. 시간이 더 길었으면 좋겠어요."

시간은 앙큼해

아이는 늘 바쁘다. 어른들은 우선순위대로 중요한 일을 보고 나서 시간이 없으면 안 해도 되는 일은 포기하지만, 아이들은 포기하는 법이 없다. 학교에서 내준 숙제도 해야 되고, 친구들과 놀기도 해야 하고, 부모들이 하라는 일을 하기도 한다. 그러다 보니 하루 이십사 시간이 모자란다. 또 얼마나 무계획적이고 충동적인가. 숙제를 하다 말고 장난감을 갖고 놀다 보면 숙제가 있었던 일을 까맣게 잊어버린다. 부모가 자라고 성화를 하면 가방을 싸다 말고 그제서야 숙제 있었던 것을 기억해낸다.

아이가 시간을 할애하는 기준은 중요도가 아니라 재미다. 그래서 숙제보다는 놀기에 주력한다. 그러니 자야 될 시간이면 잊었던 숙제나 준비물을 챙기느라 어느 집이나 부산을 떤다. 그럴 때면 부모는 아이에게 이렇게 말한다.

"너는 왜 그렇게 놀기만 하냐. 숙제부터 하고 나서 놀아야지."

하지만 아이는 왜 숙제가 중요한지 모른다. 우리 두 부부는 모두 십 년 이상이나 학교에 근무했지만 도대체 초등학교 일이학년에게 숙제를 내준다는 건 납득하기 어렵다. 무슨 숙제가 필요한가. 잘 뛰어놀면 되는 것을. 게다가 그 숙제라는 것이 얼마나 어려운지. 이건 아이의 숙제가 아니라 부모의 숙제다.

한번은 동시를 써서 패널을 만들어오라는 숙제가 있었다. 우리글도 제대로 표현하지 못하는 아이가 동시는 어떻게 지을 것이며, 패널은 또 어떻게 만드는가. 결국 아이에게 동시를 몇 편 보여주고 말을 만들어보라 했지만, 사실은 아빠가 해줘야 했다. 그림을 그려넣어서 비닐로 싸는 것은 엄마의 몫이었다. 모두가 부산을 떨며 숙제를 완성했지만 영 개운치가 않았다. 어떻게 초등학교 일학년 학생에게 그렇게 힘든 숙제를 내는지. 그러니 맞벌이 부부가 모이면 '전숙련'(전국숙제연합)이라도 결성하여 숙제 내지 말기 운동을 벌여야 한다는 애기가 나온다. 사정이 이러니 용득이의 하루는 바쁘기만 하다. 그렇다고 "됐어, 숙제는 안 해가도 된단다"라고 말할 처지도 못 된다.

빨리 놀고 싶은데 숙제하는 시간은 왜 그리 지루한지. 게다가 잠깐 틈을 내어 놀면 그 시간은 왜 그리 빨리 가는지. 물리적 시간과 심리적 시간의 거리. 하기 싫어도 해야 하는 세상의 이치를 터득한 것일까. 그만 놀고 자라고 하면 장난감을 챙기면서 투덜댄다.

"엄마, 시간은 앙큼해요. 내가 놀 때는 시간이 후딱 가버려요. 시간이 더 길었으면 좋겠어요."

쬐끔만 읽다 잘게요

용득이가 컴퓨터말고도 빠져드는 것이 책읽기다. 독서야말로 폭넓은 지식을 쌓고 삶의 길을 찾는 것인 만큼 나쁠 리야 없지만 너무 지나쳐 우리는 걱정을 한다.(너무 행복한 걱정인가?)

방에 들어간 녀석이 소식이 없어 들어가보면 책을 펴놓고 보고 있다. 친구가 와도 친구는 옆에 앉혀놓고 책을 보고 있으니 문제다. 종류를 가리지 않고 읽어 사대기가 무섭다. 특히 만화를 좋아해 들고 다니면서 볼 정도다.

더군다나 용득이의 담임선생님은 책읽기를 권장하고 심지

"쬐끔만 읽다 잘게요."

어는 수업시간에도 책을 보면 그냥 놔둔다 한다.

그 학교는 '열린 교육'을 하는 학교라 아이들이 무슨 짓을 하든지 간섭하지 않는다. 그러니 용득이에게는 물 만난 고기다. 책가방을 쌀 때면 교과서 대신 읽을 책을 몇 권 집어넣는다.

용득이가 숙제를 하는데 잘 모른다 해서 보니 이미 배운 문제였다. 교과서를 펴보니 연필자국 하나 없이 깨끗해서 사연을 알아본즉 그 시간에 책을 본 것이었다. 이런, 독서삼매경에 빠져 수업도 안 듣다니. 우리는 독서가 아무리 좋아도 수업시간에는 선생님의 말씀을 들으라 했다. 그랬더니 용득이는 장난감 가져와서 노는 아이도 있다며 자기는 그래도 나은 편이라 하는 거였다.

담임선생님을 찾아갔더니 "그런데, 용득이는 책을 무척 읽어요"라며 애매모호한 대답을 했다. 해석하자면 책을 좋아하는 것은 좋은 일이라 말릴 수는 없지만 수업을 전혀 안 듣고 책만 읽으니 문제라는 말이다.(언표는 그렇지만 담임도 내심 반기는 눈치인 것 같다.)

오늘도 아이는 밤 열두시가 돼도 잘 생각은 안 하고 책보기에 여념이 없다. 자라고 다그치니 "쬐끔만 읽다 잘게요" 하는 것이 아닌가.

우리의 유년 시절이 만화방의 어두컴컴한 구석에서 화려한

꿈으로 채색되듯 용득이도 꿈을 꾸는 것일까? 부모의 눈을 피해(그때는 왜 그리 만화방 가는 것을 나무랐는지. 볼 책이 만화밖에는 없었는데) 학용품 산다고 거짓말로 돈을 타내, 마음 졸이며 꿈을 꾸던 시대에서 이제는 밝고 당당한 시대로 이행됐음을 실감한다. 우리는 오늘도 아이의 방 앞을 서성이며 그만 읽고 자주길 바란다.

날다간 떨어지는 연을 붙들고 세 식구가 교대로 뛰고 있으니
가겟집 아저씨가 측은한 듯, "아직도 뛰고 계세요" 한다.

제발 좀 날아다오

　북풍을 품에 안고 하늘로 비상하여 두려움을 느낄 정도로 높이 날아 한 개의 점으로 사라지는 연(鳶), 그리하여 얼레에 실이 다 풀려 바람 부는 하늘과 나 사이를 팽팽한 긴장감으로 이어주던 그 유년의 기억을 다시 재현할 수는 없을까? 하늘 높이 오르던 쾌감과 어쩌면 줄이 끊어져 날아가버릴지도 모르는 불안감 사이에서 묘한 줄다리기를 하면서, 나는 시간과 추위를 망각했었다. 하늘을 나는 것 같은 황홀한 기분에 얼레를 계속 풀다보면 연은 바람을 이기지 못하고 줄을 끊어버린다.

아, 그때의 허망함이란. 손에 느껴지던 팽팽한 긴장감이 순간 맥없이 사라지면서 가뭇없이 연이 날아가던 하늘을 멀거니 봐야만 했던 유년의 겨울. 나는 그런 꿈을 꾸고 있었다. 그런데 아이가 문방구에서 사온 연이란 것은 비닐로 대충 만들어 모양이 볼품 없었다.

그런대로 실을 꿰어 밖으로 나갔지만 영 아닌 듯싶었다. 날기는커녕 공중으로 조금 올라가는가 싶더니 한 바퀴를 팽그르 돌며 땅으로 처박혔다. 게다가 아파트의 공원이라는 것이 사면이 아파트 숲으로 둘러싸여 시골의 언덕처럼 북풍이 그렇게 씽씽대며 부는 것도 아니다.

우리가 할 수 있는 일은 연실을 잡고 냅다 뛰는 것이다. 뛰는 동안은 그래도 속도가 있어 그런지 나는 것 같았다. 하지만 뛰다 멈추면 영락없이 땅에 처박힌다. 그 모습이 꼭 날지 못하는 닭 같다. 나는 하늘을 휘젓는 솔개를 꿈꾸었는데. 그래 우리는 퇴화된 거다. 솔개에서 닭으로.

북풍을 품에 안고 하늘을 휘젓던 꿈은 이제 더이상 날지 못하는 고도제한에 묶여버렸다. 그래서 문방구에서 산 값싼 연을 꽁무니에 매달고 뛰는 것이다.

얼마를 뛰었는지 모른다. 날다간 떨어지는 연을 붙들고 세 식구가 교대로 뛰고 있으니 가겟집 아저씨가 측은한 듯, "아직도 뛰고 계세요" 한다.

프로그램 만들어 먹고살지요

아이들은 다소 엉뚱한 데가 있다. 그래서 종합적이길 바라는 부모를 가끔 실망시키거나 놀라게도 한다. 이를테면 어느 하나는 미칠 정도로 몰두하지만 다른 것은 아예 관심도 갖지 않는다. 그걸 개성이나 혹은 재능이라 하지만, 모든 걸 잘 했으면 하는 부모는 이 때문에 종종 실망하기도 한다. 그러나 어쩌랴, 세상은 어느 한 가지만 하고 살기도 바쁜데……

오늘도 용득이는 학교 갔다와서 컴퓨터 앞에 앉아 게임을 하고 있다. 게임을 하다보면 그 세계 속에 빠져 숙제를 할 생각은 아예 잊기 십상이다. 하도 답답해서 숙제 안 하냐고 소리를 지르면 그제서야 컴퓨터 앞에서 일어나 책상에 가 앉는다. 하지만 숙제의 세계가 어찌 게임의 세계를 따르랴. 일기 한 편을 쓰는 데 한 시간 이상은 소비한다.

왜 숙제는 게임처럼 재미있지 못할까? 아마도 용득이는 지겨운 숙제에 허우적대면서 그 생각을 하고 있으리라. 그래서 하릴없이 책상에 앉아 마냥 시간만 축내고 있을 것이다.

사실 일(숙제)과 놀이(게임)는 하나가 되어야 한다. 재미있게 노는 것이 공부가 되고 일이 되어야 하거늘, 우리의 아이들은 철저히 분리된 세계 속에서 고통스러워하고 있는 것이 오늘의 현실이다. 공부를 하거나 숙제를 하는 것이 게임만큼 재미있어야 한다. 말은 쉽지만 실제로는 엄청난 교육적 고민이 뒤따른다.

한번은 쓰기 싫어하는 일기를 컴퓨터로 치면 어떻겠냐고 제안을 했다. 용득이는 즉각 환호하며 승낙의 뜻을 표했다. 그러더니 금세 일기를 쓰는 것이 아닌가. 활자 모양도 바꿔가며 프린터로 뽑더니 그것을 일기장에 붙였다.

내용과 형식의 관계. 그렇다 형식이 바뀌면 내용도 바뀐다. 책상 앞에 앉아 낙서만 하며 한 시간 이상을 쓸데없이 보냈던 아이가 컴퓨터 앞에 앉으니 신들린 듯 반도 안 되는 시간에 멋지게 일기를 한 편 쓰는 것이 아닌가.

사실 우리는 컴맹 세대다. 원고지를 펴놔야 생각이 떠오르지 컴퓨터 앞에서는 글이 써지지 않는다.

컴퓨터의 워드도 기껏해야 쓴 글을 옮기는 것에 불과하다. 그런데 후배들에게 물어보면 컴퓨터 앞에 앉아야지 글이 써진다고 한다. 용득이도 매일 컴퓨터를 두들기고 있으니 그런 경지에 오른 것인가.

> 어쨌든 그는 매우 인간적이다
> 필요할 때 늘 곁에서 깜박거리는
> 친구보다도 낫다
> 애인보다도 낫다
> 말은 없어도 알아서 챙겨주는
> 그 앞에서 한없이 착해지고픈
> 이게 사랑이라면
> ―최영미 「Personal Computer」 중에서

컴퓨터에 바치는 헌시(獻詩)처럼 기계가 인간보다 나을 수 있다는 포스트모더니즘의 함정에 빠진 것인가.

한번은 용득이에게 숙제를 그렇게 하기 싫어하고 컴퓨터만 치고 있으니 나중에 무얼 해서 먹고살려느냐고 다소 위압적으로 물어봤다(이, 비교육적인 질문! 선생을 십 년 넘게 하더니 우리도 비교육자가 되어가는가 보다. 책에서 얻는 지식보

다 삶에서 배우는 지혜가 더 소중하다고 떠들어놓고). 그랬
더니 용득이가 나를 빤히 쳐다보면서 조금도 굽히지 않고 대
답한다.

"저는 컴퓨터 과학자가 될 거예요. 재미있는 프로그램을
만들어 팔아먹고 살지요."

나는 멋지게 KO패 당했다. 이 당돌하고 자신만만한 세대
들. 그래 한국의 빌 게이츠를 마음껏 꿈꿔라. 까짓 것, 뭐 해
서 먹고살면 어떠냐. 삶의 내용만 알차면 되지.

운동장 하나 사주세요

아이들에게도 유행이 있다. 이를테면 어떤 장난감이 선풍적인 인기를 끄는가 하면 난데없이 어떤 종목의 스포츠가 아이들을 몸살나게 한다. 어른들의 시각에서 볼 때는 그리 대단한 건 아니지만 그 당시 아이들에게는 세상의 전부이다. 천원짜리 요요 장난감(손으로 감아올리는 동그란 실패 같은 것)을 갖기 위해 부모를 얼마나 졸라대는지 처음에는 별거 아니어서 거절하다 보면 이건 생사를 건 투쟁으로 나오는 통에 안 사주고는 못 배긴다.

장난감 같은 거야 그런가 보다 하고 사주면 되지만 운동

종목은 문제가 좀 다르다. 대개 TV에서 방영되는 종목이 당시의 판도를 좌우하는데 '피구왕 통키'가 방영될 때는 학교 운동장이나 공원, 아파트의 놀이터는 피구하는 아이들로 바글거린다.

그러다가 '축구왕 슛돌이'를 하게 되면서 축구 붐이 일어난다. 몇 명만 모이면 축구를 한다고 법석을 떤다.

'마지막 승부'라는 농구 드라마가 한창 인기를 끌 때는 동네의 온 농구 코트는 아이들로 만원이었다. 심지어는 코트 하나에 너덧 팀씩 들러붙어 공을 던져대니 어느 것이 자기 공인지도 모를 정도다.

사실 오락 게임이나 파괴적인 전쟁 장난감의 유행보다 스포츠의 유행은 훨씬 건전한 면이 있어 내심 반갑기도 하다.

어느 운동경기가 유행할 때쯤 되면 동네의 문방구에는 공이 없어서 못 팔 정도가 된다. 까짓 것 공이야 눈 질끈 감고 사주면 그만인데 문제는 운동장 사정이다.

축구 골대나 농구 코트 하나에 수십 명씩 달라붙어 공을 차거나 던져대니 초등학교 일이학년 학생들에게는 아예 차례가 오지도 않는다. 커다란 고등학교 녀석들에게 쫓겨오기 십상이다.

처음에 용득은 동네 아이들을 모아 축구팀을 만든다며 축구화며 유니폼을 맞춰달라고 하여 우리를 놀라게 했다. 그것

형들에게 쫓겨서 공 한번 변변히 차보지 못하고 들어오기를 몇 차례.
이제 좌절을 알 때쯤 됐는가 싶었더니.

도 아주 당당하게 요구했다. 요즘 애들이 너무 풍요롭게 자라서 세상 물정을 모르는 건지. 아니면 그 밝음과 당당함을 좋아해야 할지.

축구공이 갖고 싶어 집에 얘기는 못 하고 몇 달 동안 용돈을 모아 동대문운동장 옆 도매상가에서 공을 산 다음 너무 좋아 잠을 못 잤던 내 유년의 꾀죄죄함과는 비교도 할 수 없는 그 당당함. 결국 우리는 그 당당함에 굴복해, 유니폼을 맞춰주지는 못했지만 축구공이며 축구화를 사주었다.

그렇게 잔뜩 무장(?)을 하고 나갔더니, 아뿔싸 세상은 그게 아니었다. 중고등학교 형들 등쌀에 공 한번 차보기 어려운 게 아닌가.

우리는 속으로 안타까워하면서도 그래 세상은 때로 좌절을 가르쳐주기도 하지 하며 위안을 삼았다. 말로는 설명해주지 못했지만 세상의 법칙을, 세상을 사는 지혜를 거기서 발견하리라 기대도 했다. 세상을 살기는 그렇게 쉬운 것이 아니라는 것을.

그런데 이 녀석은 더 기고만장해지는 것이 아닌가. 형들에게 쫓겨서 공 한번 변변히 차보지 못하고 들어오기를 몇 차례. 이제 좌절을 알 때쯤 됐는가 싶었더니 느닷없이,

"엄마, 형들 때문에 놀지도 못하겠어요. 우리 운동장 하나 사주세요."

하는 것이 아닌가.

놀이터 순례

놀이터 하나 없는 장위동의 골목길을 헤매던 용득이가 상계동의 아파트로 이사한 것은 네살 때였다. 우리는 그 지겨운 남의 집 셋방살이를 면하게 된 것이, 그리하여 이제는 일 년에 한 번씩 짐을 싸는 일이 없으리란 생각에 가슴 뿌듯했지만 용득이는 집보다도 놀이터가 여러 군데 있는 것이 자랑스러웠던가 보다. 한살 위의 사촌형인 승현이를 만나면 "우리 동네는 놀이터가 다섯 군데나 있다"고 자랑을 했다. 게다가 잔디가 깔려 있고 소나무며, 은행나무며, 사과나무까지 심어져 있는 공원을 끼고 있으니 얼마나 좋겠는가.

놀이터의 미끄럼틀은 용득이에게는 세상과 연결된 통로인 셈이다.

　엄마가 학교에서 돌아오면 놀이터에 가자고 졸라 나서곤 했다. 그 동안 못 놀았던 원이라도 풀듯이 다섯 군데의 놀이터를 순례하며 미끄럼틀이며 시소, 그네를 모두 탔다.

　"엄마, 여기도 놀이터가 있어요. 여기서 놀다 가요."

　그러면 엄마는 용득이와 같이 미끄럼틀도 타고 시소도 타는 것이다.

　날은 시나브로 어두워 집에 가 저녁도 해야 되는데 아이는 자꾸 조른다. 올라가고 내려가는 것에 불과한 것인데 무엇이 그리 재미있는지 아이는 집에 가는 것도 잊어버린다. 이제 그만 가자고 하면 아이는 "딱 한 번만 더 타고 가요" 한다.

　놀이터의 미끄럼틀이란 것이 어른의 눈으로 보면 다 같은 것 같지만 나선형도 있고 두 개의 미끄럼틀을 흔들다리로 연결한 것도 있으며, 경사도 완만한 것에서 급한 것까지 다양하다. 그러니 아이는 전혀 다른 기분을 느끼는가 보다.

　놀이터의 미끄럼틀은 용득이에게는 세상과 연결된 통로인 셈이다. 거기서 세상을 힘겹게 올라가는 것과 손쉽게 내려올 수 있다는 것을 배웠는지도 모르겠다. 세상에서 무엇을 얻는다는 것이 얼마나 어려운가. 어떤 때는 미끄럼틀 위에 아이들이 꽉 차서 올라가지 못하는 경우도 있다. 그러면 꼭대기에서 멋있게 타고 내려오는 아이들을 부러운 듯이 쳐다본다. 그래, 아이들은 단순한 놀이기구에서도 세상을 배우는가 보다. 미끄럼틀 탄 횟수를 세어가며 낮은 곳에서 높은 곳으로, 그리고 높은 곳에서 낮은 곳으로의 반복을, 그 지루하기 짝이 없는 오르내림을 계속한다.

하지만 놀이터 순례와 오르내리는 미끄럼틀의 반복운동은 엄마가 함께 하기에 외롭지가 않다. 세상에서 자기를 지켜보는 사람이 있다는 것이 얼마나 든든한가.

제3부

나도 동생 만들어주세요

병아리가 죽었어요

　노란 개나리가 음침한 겨울의 빛을 몰아낼 무렵, 우리 아파트에 식구가 늘었다. 병아리 세 마리와 메추리 세 마리가 입주한 것이다. 알에서 갓 부화한 어린 생명들을 라면상자에 담아가지고는 용득이는 앞장서고 아내는 상자를 들고 의기양양하게 현관을 들어서는 것이 아닌가. 학교 앞에서 파는 것을 아이의 성화에 못 이겨 사왔다고 했다. 상자에서는 병아리의 재잘거림이 이어졌다.

　병아리가 들어온 뒤로 아내와 용득이의 일이 한층 많아졌다. 모이를 주고 물을 주랴, 똥을 치우랴 분주했다. 나는 사실

내심 걱정이 됐다. 그 걱정이란 다름아니라 병아리들이 크면 어떡하나 하는 것이었다. 생각해보라. 아파트 베란다에 닭장을 만들 수도 없고, 더욱이 그 닭똥들을 어떻게 처리할 것인가. 그렇다고 병아리가 조금 크면 덜컥 잡아먹을 수도 없는 노릇이고. 하지만 용득이는 학교만 갔다 오면 가방을 내던지고 병아리가 짹짹대는 베란다로 달려가곤 한다.

그런데 며칠 후 사건이 터졌다. 덩치가 큰 병아리들에게 밟혀 메추리가 죽은 것이다. 메추리 집을 따로 만들걸. 후회해도 소용없었다. 이제는 병아리들이나 무사히 살아가길 바랄 뿐이었다.

메추리가 없어지자 병아리들도 허전한 모양이다. 모이도 잘 안 먹고 비실대는 품이 오래 살 것 같지 않았다. 사실 기계로 깐 병아리들의 생명력이란 그리 강한 게 아니다. 더군다나 흙을 밟고, 흙 냄새를 맡으며 자라야 하는데 허공에 뜬 상태로 시멘트 바닥 위에서 자라야 하니 그들의 운명이란 내일을 알 수 없었다.

날씨가 좀 추워지는가 싶더니 비실대던 두 마리가 졸지에 죽어나갔다. 눈만 뜨면 베란다로 달려나가던 용득이에게 병아리의 죽음은 충격이었으리라. 가는 다리를 파르르 떨며 엎어져 있는 병아리의 시신은 여덟살의 어린아이를 충격과 슬픔으로 몰아가기에 충분했다. 죽어 있는 병아리를 보며 말을 잇지 못하고 눈물만 흘렸다.

슬픔 속에서도 마지막 남은 병아리는 희망이자 위안이었다. 덩치도 컸지만 활기차게 나대는 것이 쉽게 죽을 것 같지 않았다. 용득이도 이제 병아리가 죽게 내버려두지 않았다. 어디서 구해왔는지 라면상자에 솜을 깔아주기도 하고 날이 좀 추워지면 아예 방으로 들고 들어갔다. 병아리를 가슴에 안기도 하고 볼에 비비기도 했다. 그 병아리도 용득이를 아는지 베란다에 나가기만 하면 좋다고 짹짹거리며 졸졸 따라다녔다. 어떤 날은 막 잠이 깬 용득이의 어깨 위에 병아리가 올라가 있기도 했다. 뿌연 창문을 통과한 아침햇살은 어린이와 어깨 위의 병아리를 동화의 세계로 인도하는 듯했다. 그들은 분명 서로 대화를 하고 있었다. 우리가 들을 수 없는 언어로.

그런데 그 마지막 희망이었던 병아리마저 뒤뚱거리더니 졸린 듯이 눈을 감는 것이었다. 그때의 용득이 심정이란! 방으로 데려가서 담요를 덮어주며 그 앞에는 좁쌀통과 물그릇을 놓고 많이 먹으라며 눈물을 흘리기까지 했다. 죽어가는 병아리가 모이를 먹는다는 것은 기대하기 어려웠다. 이따금씩 졸린 듯 눈을 떠서 용득이를 바라보는 것이 고작이었다. 우리는 이제 죽었으니 치우자고 했지만 용득이는 막무가내였다. 어쩌다가 병아리가 일어나기도 했지만 몇 걸음 못 걸어가 픽 쓰러졌다. 병아리가 조금 생기라도 찾으면 용득이는 좋아라고 소리를 질렀다.

"엄마! 병아리가 살았어요."

그런 상태로 병아리는 며칠을 버텼다. 하지만 결국 죽고 말았다. 아침에 일어나 보니 죽어버린 병아리 옆에서 용득이 가 울고 있었다.

"병아리가, 죽었어요."

아침햇살은 병아리의 시신을 어루만져주고 있었다. 용득이 에게 여덟살의 봄은 그렇게 시작되었다.

"엄마, 병아리가 살았어요."

거북아, 안녕

　용득이 친구 중에 '희수'라는 아이가 있었다. 늘 몰려다니며 놀던 친구 중의 하나인데, 그 아이가 아버지의 직장 관계로 포항으로 이사가게 됐다. 이사간다고 떠들고 다니더니 정작 이삿짐을 싸기 시작하자 가기 싫다고 떼를 써서 부모를 심란하게 했다. 게다가 용득이까지 우리도 포항으로 같이 이사가면 안 되냐고 조르기 시작했다.

　이런, 세상에! 세상에는 인간의 소망대로 되지 않는 일이 얼마나 많은가. 하지만 아이들은 그들 머릿속에 현실이 있었고 계획이 있어 어른들을 당황하게 한다. 결국에는 희수가 포

용득이는 거북이를 보면서 포항으로 떠나간 친구를 생각했다.

항으로 갔다가 2년쯤 뒤에 서울로 오기로 하고 타협을 봤다
(정말 그렇게 될지는 모르는 일이지만).

이삿짐을 다 싸고 희수는 우리 집에 '마지막 놀이'를 하러
왔고, 용득이는 희수에게 자기가 아끼던 게임팩을 선뜻 내주
는 것이었다.

"이거 가져가서 놀아."

사실 게임팩 하나를 사려면 가격으로 이만원가량 되지만,
아이가 일 주일가량을 졸라야 얻을 수 있다. 말이 나오기 시
작하면 우리는 아예 외면하지만 용득이가 점점 집요하게 조
르는 통에 결국은 조건을 내세워 사주게 된다. 그렇게 힘들여
얻은 게임팩을 선뜻 주다니. 놀랄 만한 일이 아닐 수 없었다.
하지만 친한 친구가 떠날 때는 자기가 가장 아끼는 것을 주
어야 한다고 생각하는 모양이다.

조금 뒤 집에 갔던 희수는 무슨 통을 들고 왔다. 거기에는
청거북 세 마리가 있었다. 그 역시 희수가 아끼던 것이었으
리라.

그 다음날 거북이 세 마리는 우리집 식구가 되었다. 용득
이는 포항으로 떠나간 친구를 보듯이 그 거북이를 대했다.

"거북아, 안녕."

그 거북이에게선 지금도 포항의 바닷소리가 들린다.

내 동생 곰돌이

집에 곰인형(사실은 너구리인데, 생긴 모습이 곰과 비슷하다)이 하나 있어 우리는 모두 '곰돌이'라고 불렀다. 아이들은 무언가 정을 붙일 것이 있어야 하는 모양이다. 용득이는 그 곰돌이를 끔찍하게 아껴서 같이 자는 건 물론 자전거에 태우고 공원을 돌아다니기도 했다. 어쩌다 내가 곰돌이를 베고 드러누워 있으면(낮잠을 자느라고) 와서 야단법석을 떨고 뺏어가는 것이다. 용득이에게는 곰돌이가 살아 있는 동물 같았다. 아니 오히려 동생처럼 보살펴준다는 게 적절한 표현이다.

어느 날은 밤에 말소리가 나서 방문을 열고 보니 곰돌이에

다른 친구들은 동생이 다 있는데 자기는 왜 없냐고
동생 하나 '만들어'달라고 졸라댔다.

게 팔베개를 하고 애기를 해주는 것이 아닌가. 하긴 여자애들도 인형에 옷을 해 입히고 업거나 안고 다니며 애기처럼 돌보아주니 그리 이상할 것은 없지만 용득이에겐 좀 유별난 데가 있다. 그것은 정말(!) 동생으로 여긴다는 것이다. 한번은 다른 친구들은 동생이 다 있는데 자기는 왜 없냐고 동생 하나 '만들어'달라고 해서 웃은 적이 있었다.

사실 부부가 다 직장에 나가고 특히 나는 공부하랴, 학생들 가르치랴, 게다가 일은 왜 그리 많은지. 아이를 하나 더 갖고 싶어도 쉽지가 않다. 아마 맞벌이 부부의 가장 큰 고민은 육아문제일 것이다. 밥은 대충 먹어도 되고 빨래나 청소도 일 주일에 한 번이면 족하지만 아이를 키우는 건 유예될 수 있는 일이 아니기에 그렇다. 늘 보살피고 관심을 가져야 하니 그게 어디 그리 쉬운가. 그래서 용득이 동생을 갖는다는 건 엄두를 못 낸다.

용득이가 동생 타령을 할 때마다 가슴이 아프다. 그의 행동에는 늘 외로움이 묻어난다. 곰돌이를 동생처럼 보살필 때에 더욱 그렇다. 이제는 아주 밥까지 먹일 작정인지 하나 남아 있는 빈 의자에 곰돌이를 앉히는 것이다. 그리곤 숟가락을 쥐어주며 이렇게 말한다.

"곰돌아, 많이 먹어라. 반찬 가리지 말고 골고루 잘 먹어야 튼튼하지!"

키가 작은 아이는 풀을 안고 가면서 소의 여물통에 닿기도 전에
땅바닥에 거의 다 줄줄 흘린다.

소야, 많이 먹어라

아이의 이모네가 경기도에서 목장을 했다. 우리는 주말이면 야외에 놀러 가는 셈치고 그 목장을 자주 갔다. 이모네는 수십 마리의 젖소를 키우고 있었는데 사람이 그리웠던지 우리가 가면 늘 반갑게 맞는다. 어른들이야 그냥 쉬러 가는 것이다. 도시의 번잡스러움에서 벗어나 밥을 해 먹고 얘기를 나누고 잠을 자고 하는 것뿐이다. 맑은 공기와 오염되지 않은 햇살을 받는 것만으로도 충분했다. 하지만 아이는 뭔가 재미있는 일을 찾아야 했다. 소 우리에 가서 소도 구경하고 젖 짜는 것도 보더니 드디어는 자기가 할 일을 발견했다. 한 옆에

쌓아놓은 풀을 한아름 안더니 소에게 갖다주는 것이다. 키가 작은 아이는 풀을 안고 가면서도 줄줄 흘린다. 소의 여물통에 닿기도 전에 풀은 땅바닥에 널브러진다. 떨어진 풀을 다시 주워다 담지만 그래도 태반은 다시 땅으로 떨어진다. 소는 선한 눈을 뜨고 입을 우물거리며 아이를 바라본다. 아이의 눈이 빛난다.

"소야, 많이 먹어라."

말 한 마리 사주세요

아이들의 상상력은 때로는 엉뚱한 곳으로 귀결되기도 한다. 이를테면 '말'에 대한 것이 그 예일 텐데 동화나 만화 혹은 만화영화를 보면 말을 타고 다니는 것이 자주 등장한다. 말이 당시에는 주요한 교통수단이어서 그럴 것이다. 하지만 지금은 경마장에나 가야 볼 수 있다. 말은 그만큼 귀족화돼 있다.

하지만 아이들은 만화나 동화가 곧 그들의 현실이다. 그래서 말을 타고 들판을 가로지르는 꿈에 사로잡힌다. 용득이 이모네가 목장을 해서 소를 많이 키웠다. 우리는 가끔 그곳에 가서 묵었는데 용득이는 소만 있고 말이 없는 것이 안타까운 모양이었다. 어느 날은 느닷없이 말을 사자고 졸랐다.

"엄마, 말 한 마리 사주세요."

우리는 깜짝 놀라 말을 사려면 많은 돈이 필요하고 말을 사도 타고 다닐 데가 없다고 타일렀다. 심지어는 집을 팔아야 지 말 한 마리 겨우 살 수 있다고 설명했다. 그랬더니 포기할 줄 알았던 용득이가 한술 더 떴다.

"그러면 우리 집을 팔아 망아지라도 한 마리 사세요. 여기 목장에서 타고 다니면 되잖아요."

우리 모두는 기가 막혀 웃고 말았지만 어찌하랴. 아파트에 서 복작대며 사는 것이 아닌 푸른 초원을 말을 타고 달리는 것이 용득이가 꿈꾸는 세상인 것을.

그러다가 정말 말을 탈 기회가 있었다. 제주도에서 학회 세미나가 있었던 것인데 우리 가족은 기회는 이때다 싶어 모 두 제주도로 날아갔다.

성산일출봉! 그곳은 이름처럼 그렇게 아름다운 곳은 아니 었다. 경사진 초원을 해풍이 쓸고 가지만 풍경의 조각들은 해 체되어 신혼부부의 촬영세트로 변해 있었다. 그런데 그곳에 말이 있었다. 드디어 용득이의 꿈을 이룰 수가 있구나. 요금 을 지불하고 백마에 올라탔다. 그런데 그 말은 달리기를 포기 한 말이다. 피로한 듯 손님을 태우고 정해진 코스를 터덜거리

아마도 꿈을 꾸었으리라. 푸른 초원을, 갈기를 휘날리며,
바람처럼 달리는 백마의 꿈을.

며 갔다가 오는 것이 고작이었다. 용득이는 그래도 좋았던 모양이다. 놀이동산에서 타는 기구와는 다른 감정으로 흥분돼 있었다. 아마도 꿈을 꾸었으리라. 푸른 초원을, 갈기를 휘날리며, 바람처럼 달리는 백마의 꿈을.

잠자리 감옥

　아이들에겐 유행이 있다. 세상 모든 일들이 그러하지만 특히 아이들은 그 단순성으로 인해 유행에 민감하다. 아이들의 유행이란 옷이나 스타일에 관한 것도 있지만, '놀이'에 관한 것이 많다.

　축구나 농구나 피구 등의 스포츠도 그렇고 사소한 놀이기구인 '요요' 혹은 '드래곤 볼' 같은 만화도 유행을 탄다. 동네 아이들이 하나둘 사기 시작하면 벌써 유행의 바람이 불어온다. 그러면 아이는 사달라고 조르기 시작한다. 그게 좋으니 나쁘니를 따질 겨를이 없다. 그건 어차피 한차례의 바람에 불

어디서 왔는지 아파트 사이의 공원에는 고추잠자리가 떼를 지어 낮게 비행한다.

과하니까. 우리는 대개 알아서 사주는 편이다. 사달라는 아이를 앉혀놓고 돈을 아껴야 하느니, 그런 쓸데없는 것은 왜 사느니 해봐야 지루한 소모전이 되기 십상이다. 아이의 논리는 단 하나, 동네 아이들이 모두 샀다는 것이다. 이 산술적 통계 앞에는 당해낼 재간이 없다. 그런데 그 유행 중에는 아주 특이한 것도 있다. 이를테면 잠자리채 같은 것이 그 예이다. 여름방학 때도 그렇지만 무더위가 물러나고 선선한 바람이 불 때쯤이면 동네에는 잠자리채 든 아이들의 수효가 점점 불어난다. 그맘때가 고추잠자리의 전성기이기 때문이다. 어디서 왔는지 아파트 사이의 공원에는 고추잠자리가 떼를 지어 낮게 비행한다.

내 어릴 적 기억으로는 싸리빗자루를 들고 막 휘두르다 보면 고추잠자리가 빗자루에 맞아 정신을 잃고 땅에 떨어지곤 했다. 하지만 도시의 아이들이라 문방구에서 산뜻한 잠자리채와 곤충채집함을 사서 들고 다닌다. 토요일 오후나 일요일의 공원에는 잠자리 잡는 아이들로 가득하다.

어느 날 엘리베이터에서 잠자리채와 곤충채집함을 들고 있는 아이를 만났다. 용득이는 이때다 싶었는지 "엄마, 나 잠자리채하고 잠자리 감옥 좀 사주세요." '잠자리 감옥?' 우리는 동시에 푸하 하고 웃었다. 그래 잠자리의 입장에서 보면 곤충채집함이 아니라 감옥이다.

용득이는 유치원이 끝나면 잠자리채와 ‘잠자리 감옥’을 들
고 공원에 나갔다가 해질녘이면 빈 ‘감옥’을 들고 집에 들어
온다. 잠자리를 잡아서 잠시 ‘감옥’에 가두었다가 풀어주고
오는 것이다.

엄마원숭이와 아기원숭이

　동물원에 간 적이 있었다. 늘 그렇듯이 동물원 구경이란 어른들에겐 바람 쐬는 것 이상의 의미가 없었지만, 아이들에겐 살아 있는 그림책을 보는 것만큼이나 경이로운 것이다. 그곳은 경이로운 세계를 향해 열려 있는 첫 출구였다.

　따뜻한 봄날, 겨울잠에서 깨어난 동물들은 기지개를 켜고 있었고, 우리는 창살 앞을 거닐었다. 사자는 푸른 초원을 그리며 지루한 듯 하품을 하고 있었고, 기린은 아무도 자기를 해치지 않는데 긴 목을 빼고 경계의 눈길을 보내고 있었다. 우리 안을 불안스럽게 왔다갔다하는 호랑이. 그는 아마 밀림의 꿈을 꾸고 있으리라.

그런데 모든 짐승이 권태와 불안감을 이기지 못해 서성이는데 원숭이 가족은 그 우리가 제 집인 양 즐겁게 노는 것이 아닌가. 인간과 비슷해서 구속에 길들여진 것일까? 유난히 눈에 띈 것은 엄마원숭이(아빠원숭인가?)의 어깨 위에 올라가 있는 아기원숭이였다. 거기에는 평화가 있었다. 그리고 표정이 있었다. 아기원숭이는 엄마를 꼭 닮았다. 그들은 웃고 있는 듯했다. 재롱둥이 아기원숭이는 금방이라도 재롱을 보일 것 같았다.

가족이란 부부만이 아니라 아이가 있기에 존재하는 것이리라. 나는 용득이를 들어올려 목마를 태웠다. 저 행복한 원숭이 가족이 잘 보이도록.

우리도 진돗개 한 마리 키워요

어린이는 개를 좋아한다. 더군다나 야단법석을 떨지 않고 좋아해 맘에 든다. 사실 애완용 개를 데리고(혹은 모시고) 다니는 사람들을 보면 그 요란스러움 때문에 그리 좋아 보이지는 않는다. 목욕을 시키고, 드라이어로 털을 말리고, 머리를 치장해(개 미장원까지 있다니!) 예쁘게 꾸며가지고 품에 넣고 다닌다. 요즘은 지하철에서 그렇게 다니는 아가씨를 볼 때마다 뭐 저렇게까지 할 거야 없지 않은가 하는 생각이 든다. 풍요의 표현이고 어찌 보면 외로움의 상징이리라. 때로는 성대수술을 해서 짖지 못하는 강아지를 볼 때는 잔인하다는 생각도 든다. 인간이 움직이는 노리개를 갖기 위해 개의 특성을 거세하다니.

개는 마당에서 컹컹 짖으며 놀아야 좋다. 눈이라도 오면 아이들과 눈 쌓인 벌판을 달리는 모습을 상상해보라. 개는 개다워야 한다.

"우리, 진돗개 한 마리 키워요."

어릴 때부터 졸라대지만 우리 모두는 불가능하다는 걸 안다. 아파트에서 어디다 개를 키우는가? 다부진 몸매에 영리한 눈, 위로 말려올라간 꼬리. 진돗개는 용득이에게 꿈의 동물이다.

그런데 어느 날 꿩 대신 닭이라고 아내가 조그만 강아지를 하나 안고 왔다. 실내에서 기를 수 있는 개로 크지도 않으며 잘 짖지도 않는다 한다. 용득이가 하도 개 타령을 하니 이모가 주었다는 것이다. 다 큰 개라는데 정말 강아지보다도 작았다. 이름은 '미미'라 했다.

나는 그 녀석이 올 때부터 맘에 들어하지 않았다. 영 개 같지 않아서이다. 게다가 그 비싼 사과를 얼마나 좋아하는지. 아내가 사과를 깎아주는 것을 보고 밸이 틀려버렸다. 아니 사람도 먹기 어려운 사과를 개에게 먹이다니.

그래서 그놈의 개만 보면 소리를 빽빽 질렀더니, 이 녀석이 나만 보면 슬금슬금 꽁무니를 뺀다. 내 목소리가 들리면 아예 개집에서 나오지 않는다. 개집이라고 해야 작은 바구니 지만.

어느 날 아침에 사고가 났다. 앞을 잘 살피고 걷지 않는 나의 무신경증 때문에 그 녀석이 여기저기 싸놓은 똥을 밟고 만 것이다. 나는 화가 나서 저놈의 개 당장 갖다주라고 했고 아내와 용득이는 개를 변호했다. 그로부터 제법 긴 '개 논쟁' 이 이어졌지만 이렇다 하게 매듭은 지어지지 않았다. 아내의 요지는 용득이가 저렇게 좋아하니 키우자는 것이고, 나는 개 털 때문에 건강에도 나쁘고 개가 짖기라도 하면 어떡하느냐 고 맞섰다.(사실 우리 부부는 모두 바빠서 개를 돌보고 즐길 여유도 없다.)

"우리 단독주택에 가면 그때 진돗개를 키우자."

나의 타협안에 아내나 용득이는 수긍했고 그래서 개 같지 않은 개, '미미'는 다시 이모네 집으로 가야 했다.(나중에 안 사실이지만 그 개가 백만원까지도 한다니.)

대추나무 옆에 개집이 있는, 영리한 진돗개라면 나도 굳이 마다할 이유가 없다. 나도 그런 풍경을 꿈처럼 그린다. 대추 나무 옆에 개집이 있는 너른 마당의 집.

나는 일 주일의 반은 충청북도와 강원도가 경계를 이루는 제천에서 보낸다. 언젠가 이곳에서 아주 살리라 하고 '의림 지' 주변을 눈여겨본다. 마침 백운(白雲)에 있는 이철수형 집에 자주 가는 일이 있어 그쪽에도 마음이 쏠린다. 박달재 너머 산속에 분지를 이루는 백운은 그 이름처럼 정말 낮이면 흰구름 떠가고 밤이면 별이 쏟아진다. 그런데 그 집에 진돗개가 있고 야트막한 동산 밑에 그림처럼 집이 있다. 철수형의 판화처럼 그런 '서정'이 있는 곳이다. 옆집에 이사와서 오순도순 살까? 철수형과 형수도 같이 살자고 조른다. 재래식 변소에서는 용변도 못 볼 정도로 용득이는 이미 서울아이가 다 되어버렸는데.

요즘은 오히려 내가 용득이에게 자주 제의한다.

"우리 백운에 가서 진돗개 한 마리 키우고 살까?"

나도 그런 풍경을 꿈처럼 그린다. 대추나무 옆에 개집이 있는 너른 마당집.

송사리 잡기

'천렵(川獵)'을 아십니까? 시내에 바지를 걷고 들어가 첨 벙대며 물고기 잡는 일을. 족대를 물살이 빠른 곳에 쳐놓고 바위를 들치면 돌고기며 메기며 버들치, 모래무지 등이 서너 마리씩 족대에 걸리는 일은 묘하게도 흥분이 동반된다. 대개는 잡았다가 집에 올 무렵이면 다시 놔주곤 하지만 말이다. 나이를 좀 먹은 뒤에는 고추장을 풀어 매운탕을 해먹기도 했지만, 아이였을 때는 그저 물살을 가르는 고기를 잡는 것만으로도 충분했다.

서울에서 천렵을 한다는 건 우물에서 숭늉을 찾는 격이다.

주말이면 낚시꾼들이 서울을 벗어나 저수지나 강을 찾지만 천렵에 비할 바는 아니다.

　그런데 혹시 송사리를 잡아본 적이 있습니까?
　화창한 휴일이면 아이와 산에 간다. 한참을 걷다가 계곡의 바위에 걸터앉아 물에 발이라도 담그고 있으면 제법 쉬었다는 느낌이 든다. 그러고 있다 무료해지면 어슬렁거리고 돌아다닌다. 한번은 물살이 완만한 곳을 보니 조그만 송사리떼가 몰려 있지 않은가. 이런! 서울에서도 물살을 가르는 물고기를 구경하다니. 송사리떼가 있다는 것을 안 용득이는 어디서 주웠는지 종이컵을 들고 덤벼든다. 점점이 박혀 있는 송사리떼는 정지한 것 같지만 컵을 들이대면 순식간에 흩어져 어디론가 사라진다. 그 재빠른 동작이라니. 아이는 컵을 들고 쫓아가지만 송사리떼가 오히려 아이를 데리고 논다.
　급기야는 아이엄마까지 가세한다. 그래서 엄마는 송사리떼를 몰아주고 용득이는 길목을 지키고 있다, 송사리를 잡는 것이다. 송사리떼는 번번이 아이의 손을 빠져나간다.
　점에서 선으로의 이동. 송사리의 움직임이 그랬다. 아이는 첨벙대며 따라가지만 꼭 잡아서 어쩌겠다는 것도 아니다. 그러다 운 좋게 한 마리를 잡았다. 그 동안의 수고도 물에 젖은 옷도 아이에게는 아무런 문제가 되지 않았다. 아이는 세상을 얻은 것이다.

"엄마, 송사리를 잡았어요!"

그 목소리가 바람처럼 맑고 투명하다. 오후의 햇살은 산그림자를 드리운다. 이제, 내려가야 할 시간이다.

점점이 박혀 있는 송사리떼는 정지한 것 같지만 손을 대면
순식간에 흩어져 어디론가 사라진다.

방아깨비와 아이

방아깨비를 아십니까? 어찌 보면 메뚜기 같지만 날렵하게 쭉 뻗은 방아깨비를. 다리를 잡고 있으면 위아래로 몸을 흔드는 것이 방아를 찧는 것 같다 해서 방아깨비라 이름 붙인 그 곤충을 만나는 것은 그리 어렵지 않다. 어릴 적에 방아깨비를 잡아 방아를 찧으라고 장난치고 있으면 할머니는 놓아주라고 하신다.

"그 불쌍한 것을 잡아서 무엇 하겠니? 하루 종일 방아를 찧어야만 먹고 살 수 있단다."

서양판 '개미와 베짱이'의 베짱이와는 정반대의 배역이 방아깨비에게 주어진다. 고달프게 하루 종일 일을 해야만 살아갈 수 있는, 그럼에도 여치처럼 멋진 음악을 연주하는 것도 아닌 그런 힘든 삶이 방아깨비에게 부과된다. 어쩌면 힘든 세월을 살았던 민초들의 고달픈 삶이 방아깨비에게 투영됐는지도 모른다.

할머니 산소에 갔다가 용득이가 방아깨비를 발견했다. 그 흔한 메뚜기도 구경 못 하는 도시의 아이들에게 방아깨비는 여간 신선한 게 아니었다. 우선 날렵하게 쭉 뻗은 몸매와 튼튼하고 긴 다리는 아이들을 매료시키기 충분하다. 모양 자체도 사마귀나 송장메뚜기처럼 흉물스럽지 않고 얼마나 잘생겼는가. 방아깨비를 잡아주고 다리를 잡고 있으니 방아를 찧기 시작한다. 아이는 신기해한다. 이따금씩 초여름의 미풍이 우리를 감싼다. 풀 냄새, 들꽃 향기, 그리고 고향의 흙 냄새. 그래 이대로가 좋다. 소쩍새의 울음소리와 아이의 환호성이 정적을 깬다.

"이제 그만 놓아주거라. 방아깨비는 하루 종일 일해야 한단다."

제4부

민들레가 피었어요

고구마 싹에 관한 명상

고구마를 잘라 접시에 물을 담고 올려놔보세요.

며칠만 기다리면 거짓말처럼 그 위로 연두색의 싹이 올라옵니다.

줄기는 자주색을 띠고 있지만 그 사이사이 연두색의 잎들이 돋아납니다.

그리곤 제 무게에 겨워 줄기를 누일 때까지는 하늘을 향해 올라갑니다.

하늘나라로 올라가는 동화 속의 콩나무처럼 줄기를 뻗고 무성한 나무라도 되듯이 그렇게 잎을 솟아나게 합니다.

당신은 희망을 원하지 않으십니까? 그렇다면 고구마 싹을 키우세요.

싹을 키운다는 것은 희망을 키우는 일이다. 창문 옆에 고구마 접시를 올려놓으면 햇살을 받아 연두색 어린 잎들이 눈부시게 빛난다. 그 눈부심은 무엇 때문일까?

식물도 영혼이 있는가? 고구마 싹에서는 아이의 숨결이 느껴진다. 아이처럼 쑥쑥 자라기 때문일 거다. 그리고 연두색의 잎에서는 아이의 맑은 얼굴이 떠오른다. 아이의 방에 고구마 싹을 갖다놓으면, 그것은 아이를 대신한다. 행여 아이가 자리를 비울 때, 밖에 나가서 뛰어놀거나, 친구네 집에 놀러 갔을 때 고구마 싹은 아이의 모습으로 바뀐다.

고구마 싹이 굵은 줄기가 되어 더이상 하늘로 치솟지 못하고 제 무게에 겨워 옆으로 뻗어나갈 때면 이미 다 자란 것입니다.

뿌리 내릴 땅을 찾지 못하고 줄기는 이리저리 허공을 휘젓습니다.

그러면 고구마 싹 키우기를 포기해야 합니다.

이미 다 자란 고구마를 땅에 옮기지 않고 허공 중에 놔두는 것은 보기에도 측은하다. 왜 희망을 땅에 옮기지 않는가?

굵은 줄기로부터 땅에 뿌리를 내리고 자신보다 큰 고구마를 주렁주렁 달리게 할 그 가능성을 고구마는 일러준다.

아이가 자란다. 고구마 싹처럼 쑥쑥 자란다. 우리는 그가 뿌리 내릴 땅이 어디인가를 찾아야만 한다. 키우는 것은 옮기는 것이다. 집착을, 버리는 것이다. 허공 중에 뿌리가 떠돌지 않기 위해서.

고구마 캐던 날

땅 위를 기어다니는 고구마 줄기는 어느 틈엔가 여기저기
에 뿌리를 내리고 탐스러운 고구마를 주렁주렁 열리게 한다.
그리하여 그 존재의 시원(始原)이 어디인가를 알 수 없게 땅
위는 온통 고구마 줄기와 잎으로 덮이고, 땅속은 굵직한 고구
마들로 가득 찬다. 버림으로써, 더 많은 것을 얻는 것이다.

아이를 키우는 것도 그러하다. 어느 틈엔가 몰라보게 자라
이전의 모습은 없어지고 무수한 가능성들로 뒤덮여 있음을
보게 된다. 이제 근원을 찾아가는 것은 불가능해진다. 가능성
이 뿌리 내린 열매를 거두는 것이 더 중요해진다.

잡초만 우거진 돌멩이투성이의 밭에서 이런 축복이 있다니.

용득이의 큰 외삼촌이 동두천에 밭을 가지고 있다. 시청에 근무하시는 그분은 조금씩 저축한 돈으로 '왕바위'라는 곳에 땅을 사서 전원주택을 지을 거라며 지금은 그 땅에 밭을 갈아 먹는다. 진흙이 많은 땅이라 고구마를 심은 적이 있었다. 심었다기보다는 꾹꾹 꽂아놓았다. 그 고구마가 다 여물어 캐러 가자 하여 우리도 좋아라 나섰다. 고구마를 캐보지 않은 아이는 고구마 줄기만 잡고 낑낑댄다. 더러 고구마가 딸려나오기도 하지만 줄기는 끊어지고 고구마가 어디에 묻혀 있는지 찾을 길이 없게 된다.

"고구마는 이렇게 캐는 거야."

줄기를 따라가며 호미로 밭을 파자 고구마가 주렁주렁 달린 것이 보인다. 아이는 탄성을 지른다. 엄지손가락만한 것에서부터 아이의 머리통만한 것까지 크기와 모양도 가지각색이다. 모두 각자의 개성(고구마에도 개성이 있는가?)이 있어 보인다. 잡초만 우거진 돌멩이투성이의 밭에서 이런 축복이 있다니. 거름을 준 것도 아닌데.

몇 자루를 캤는지 모른다. 한 집에 한 자루씩 나누어도 남았다. 돌아오는 길은 수확을 거둔 농부처럼 기뻤다.

그해 우리는 쪄 먹고, 튀겨 먹고, 구워 먹고 하며 질리도록 고구마를 먹었다. 하지만 서너 개는 아직도 바구니에서 말라가고 있다. 뿌리 내릴 땅을 만나지 못한 까닭이다.

무우청같이

무우청은 눈이 부시도록 시리다. 그 푸르고 억센 잎, 녹색과 청색의 절묘한 배합. '무우청'이라고 소리를 내면 입속에 푸른 물이 가득 고인다.

자그마한 토담 옆 무우밭이 그 시퍼런 잎으로 뒤덮이면 그 밭은 푸른 바다가 된다. 김기림(金起林)의 나비가 바다와 혼동한 청무우밭. 적어도 서리가 내릴 때까지는 그 푸른 물결이 넘실댄다.

이 오염된 도시에서 바다처럼 넘실대는 청무우밭을 본다는 건 기대하기 어렵다. 채소 가게에 실려오는 무우들은 모두 무

땅속에 굵은 몸뚱이를 박고 맑은 햇빛과 수분만으로도 눈이 시리도록 퍼렇게
살아 있음을 보여주는 꿈꾸는 무우청.

132

우청을 잘라버려 허연 몸뚱이만 드러내놓고 있다. 그건 기상이 거세되고 지저분한 육질의 본능만 남은 것 같다. 사람이 살고 관계 맺는 것이 어쩌면 그러하리라. 뭔가 퍼덕대는 것이 빠져 있는.

무우를 사다 한동안 먹지 않고 두면 퍼런 꼭대기에서 신기하게도 노란 싹이 돋는다. 고구마나 감자처럼 쑥쑥 자라진 않지만 그래도 싹을 틔운다. 억센 무우청을 기대하고 길러보면 대개는 실패하지만 말이다.

그리하여 거세된 곳에 삐쭉 고개를 내민 핼쑥한 노란 싹에서 억센 청록색의 무우청을 꿈꾼다. 땅속에 굵은 몸뚱이를 박고 맑은 햇빛과 수분만으로도 눈이 시리도록 퍼렇게 살아 있음을 보여주는 무우청을.

이 황량한 골목을 환하게 비추는, 네살짜리 아이가 본
세상에서 가장 아름다운 광휘였다.

등꽃 따는 아이

세발자전거를 탈 무렵, 그리하여 집보다 바깥 세상이 좀더 재미있게 보일 무렵, 우리가 집에 있을라치면 용득이는 어김없이 밖으로 나가자 졸랐다. 같이 놀아줄 친구도, 동생도 없으니 그저 엄마, 아빠와 같이 밖에 나가는 것이 유일한 낙이었다.

장을 보러 갈 때는 물론이거니와 동네 구멍가게에 잡화를 사러 갈 때도 따라나섰다. 아주 먼 거리나 가듯이 세발자전거를 끌고서. 그러면 우리는 할 수 없이 용득이를 데리고 동네를 한 바퀴 돌았다. 네살의 아이에게 처음 대하는 세상의 모든 것들은 신선한 경이로움이었다. 손을 잡고 가거나 자전거를 끌고 뒤따라오면서도 쉴새없이 재잘거린다. 춘분이 지나 해가 길어지면 저녁시간은 온전히 용득이에게 바쳐졌다. 낮 동안 못 놀아준 죄책감과 더불어 세상 살아가는 모습을 보여주리라는 우리의 당찬 욕심도 있었다.

학교에서 퇴근하여 집에 오면 용득이를 데리고 나서는 것이 아내의 일과였다. 서산에 붉게 걸린 해와 하늘을 물들이는 저녁노을을 배경으로 솔밭 사이를 걸으며 얘기를 나눈다면 얼마나 좋으련만 도시의 주택가는 황량하기 그지없다. 그 흔한 놀이터 하나 없는 주택가의 골목길을 걷는 것만으로 만족해야만 했다.

낮 동안 무료한 시간을 보냈을 아이는 엄마에게 해가 져서 어두워질 때까지 골목길 순례를 계속하자 졸랐다. 아이가 "엄마, 다리가 아프니 좀 쉬어가요" 하면 그제서야 성당의 앞마당을 찾아 지친 순례자의 몸을 벤치에 걸치고 저녁 미사 종소리를 듣곤 했다.(도시의 골목을 배회하는 무료하고 지친 영혼이 쉴 곳은 어딘가?) 그리고 컴컴해서야 집으로 돌아왔다.

눈부신 오월의 휴일. 딱히 갈 곳도 없는 우리는 용득이를 데리고 오전부터 골목길을 순례했다. 그때 전에 보지 못했던 휘황찬란함이 우리의 앞에 펼쳐져 있지 않은가. 어떤 집의 대

문 위에 자색과 흰색의 등꽃이 무더기로 매달려 있었던 것이
다. 우리는 입을 다물지 못했고, 용득이는 난생 처음 보는 화
려함에 소리를 질러댄다.

"와, 저거 좀 따가요."

그래 어떠랴. 네살짜리 아이가 처음 보는 아름다움에 홀려
꽃을 따는 것이. 나는 용득이를 치켜올려 무등을 태웠고 용득
이는 탐스러운 등꽃을 한 송이 땄다. 그 꽃은 이 황량한 골목
을 환하게 비추는, 네살짜리 아이가 본 세상에서 가장 아름다
운 광휘였다.

마른 꽃의 실루엣

무릇 생명이 있는 것은 시든다. 그리하여 죽어간다. 다시 새 생명을 키우기 위함이다.

꽃을 선물로 받는다. 무슨무슨 기념일이다 싶으면 꽃다발이 집으로 들어온다. 포장지를 벗기지 않은 채로 화병에 꽂는다. 꽃다발을 준 사람을 기억하기 위해서다. 하지만 꽃의 영광도 잠시, 꽃이 시들 무렵이면 그 꽃을 준 사람조차 기억에서 사라진다.

화병에서 꽃을 꺼내 빈 오지그릇에 담는다. 시들어가는 꽃을 말린다. 마른 꽃은 일 년이고 이 년이고 시들어 떨어지지 않고 그대로 있다. 꽃잎을 촉촉히 적시는 물기도 없어지고 향기도 사라진 지 오래지만 빈 오지그릇을 가득 채우고 집 안의 한 구석을 장식한다. 마른 꽃은 입체가 아니라 평면이다. 갖가지 색깔로 채색된 희망이 아니라 무색의 체념이다. 생명이 없기 때문이다. 그리하여 평면의 실루엣만 남는다. 마른 꽃은 의미가 아니라 존재일 뿐이다. 그냥 있는 것이다. 변화가 아니라 정지다. 우주의 순환체계를 거부하는 외로움의 상징이다. 그 외로움은 기다림을 동반한다. 그리하여 싱싱한 꽃다발이 그 허허로운 자리를 채울 때까지 존재의 그림자로 남아 있다.

나팔꽃 키우기

용득이가 관찰일지를 써야 한다기에 빈 화분에 흙을 담고 나팔꽃씨를 사다 심었다. 손으로 꼭꼭 흙을 누르고 물을 주었지만 이게 과연 싹이 나와 꽃을 피울까 의심쩍었다.

하지만 우리의 의심은 기우였다. 흙을 뚫고 떡잎이 나오는가 했더니 어느새 십 센티 이상 자라 우리를 놀라게 했다. 덩굴이 감고 올라가라고 가는 막대기도 꽂아주었다. 나팔꽃 덩굴은 어느새 그 막대기를 휘감고 막대기 끝에서 빈 손처럼 허공을 휘젓고 있는 것이 아닌가. 이제는 끈을 매주었다. 이렇게 빨리 자라는 식물도 있을까? 하룻밤을 자고 나면 한 뼘

우리의 무관심에 항거라도 하듯 베란다를 온통 휘젓고 다니며 덩굴을 뻗었고,
기어코는 여기저기 꽃망울을 터뜨리기 시작했다.

씩 자라는 것 같았다. 하도 빨리 자라니 용득이는 옆에서 지켜보고 있으면 자라는 것이 보일 거라고 했다.

그 뒤로부터 나팔꽃 덩굴의 고된 행로가 시작되었다. 방충망까지는 덩굴이 뻗어올라갔지만 거기서부터 막혀버렸다. 우리도 거기까지밖에 생각을 못 했다.

그런데 나팔꽃 덩굴은 방충망(나팔꽃에게는 벽이었으리라)의 찢어진 틈새를 발견하고 그리로 손을 뻗었다. 하지만 밖으로 나가니 허공뿐이었다. 덩굴은 다시 난간을 잡고 위로 올라갔다. 그리곤 열려진 창문을 통해 다시 집안으로 들어왔다. 덩굴의 끝에는 눈이 달린 것일까? 정말 그 집요한 행로에 감탄할 지경이다.

사실 우리 아파트의 베란다는 이것저것 집안의 허섭스레기들을 놓는 곳이기에 나무도 아니고 나팔꽃 정도니 세심하게 배려해줄 공간이 마땅치 않았다. 하지만 나팔꽃은 우리의 무관심에 항거라도 하듯 베란다를 온통 휘젓고 다니며 덩굴을 뻗었고, 기어코는 여기저기 꽃망울을 터뜨리기 시작했다.

아침에 일어나 문을 열면 방충망이며 난간에 매달린 나팔꽃의 우렁찬 소리가 들린다. 그것은 세상의 모든 아침에 바치는 헌사다. 한줌의 흙에서 자라 고된 행로를 거친 자만이 보낼 수 있는, 영광인 것이다.

자작나무를 찾아서

거기 있음으로 해서 의미를 주는 것. 그 존재의 풍성함으로 사람들에게 즐거움을 안겨주는 것이 나무다.

아이들의 놀이터로부터 노인들의 휴식처에 이르기까지 마을 사람 모두의 보금자리였던 동네 어귀의 느티나무, 가을이면 칙칙한 포도를 환한 노란색으로 채색하는 은행나무, 눈의 무게에 겨워 가지에서 눈가루를 날리는 산사(山寺)의 소나무, 오대산 월정사 입구의 그 전나무 숲(하늘을 찌를 듯한 아름드리 나무의 수직상승, 아, 겨울이면 가리라. 그리하여 눈 속을 뚫고 상승하는 의연함을 보리라). 그 하고많은 나무 중

눈으로 덮인 저 평등의 세계 그리고 삶의 풍성함.
우리의 삶은 왜 이리 왜소해지는지.

에 마음을 설레게 하는 나무가 있다. 높고 추운 지방에 군락을 이루며 산다는 '자작나무'다.

내가 왜 자작나무에 대한 그리움을 간직했는지 정확히는 모르겠다. 아마도 추운 산골지방에서 자랐던 유년의 기억과 숱한 시인들이 예찬했던 시구절 때문이리라.

"내 창문 밑 / 하얀 자작나무 / 마치 은으로 덮이듯 / 눈으로 덮여 있다"고 한 에세닌의 '자작나무'로부터 고은 선생이나 도종환, 안도현에 이르기까지 자작나무에 헌사를 보냈다. 삶의 넉넉함이나 때묻지 않은 고운 심성 등 헌사의 내용도 다양하다. 하지만 무엇보다도 머릿속에 지워지지 않은 영상은 눈 덮인 곳에 미끈한 자태를 드러내고 도도한 미인처럼 서 있는 자작나무에 관한 것이다.

설원에 군락을 이루며 서 있는 자작나무를 찾아가리라. 이것이 높고 추운 제천(堤川)에 내가 오면서 정한 목표였다. 그래서 눈 덮인 겨울을 기다렸다. (여름에는 무성한 나무 숲에 가려 눈에 잘 띄지 않기 때문이다.)

폭설이 내린 적이 있었다. 곳곳에 교통이 끊어지고, 천지는 새하얀 눈으로 뒤덮였다. 특히 산간지방은 더 심했다. 마침 제천에 볼일이 있어 첫차를 타고 제천으로 향했다. 어쩌면 자작나무 군락을 만날 수 있으리란 기대와 함께.

기차가 덜컹거리며 치악재를 넘을 때 전나무 숲에선 눈가루가 날리고 아래론 하얀 설원이 펼쳐졌다. 툰드라에 진입한 것 같았다. 아, 그때! 아래로 하얀 자작나무 군락이 보인 것이다. 눈 위에 은으로 덮여 있는 자작나무의 군락이. 정말 자작나무였다. 원주 신림에서 제천 봉양에 이르는 그곳에 자작나무가 무리지어 자라고 있었다. 가로수도 굵직한 자작나무였다. 일정한 간격으로 눈 덮인 길을 옹위하는 자작나무들. 눈으로 덮인 저 평등의 세계 그리고 삶의 풍성함. 우리의 삶은 왜 이리 왜소해지는지.

용득이에게 그곳을 보여주고 싶었다. 설원에 하얗게 솟아 있는 자작나무의 군락을. 의연함과 풍성함, 평등의 세상을 정말 보여주고 싶었다. 그리하여 눈이 많이 오는 겨울이면 그곳에 가겠노라 했다. 가서 토끼도 몰고, 꿩도 잡자고 했다. 지금도 용득이는 겨울이 되면 나에게 묻는다.

"아빠, 꿩 잡으러 안 가요?"

그러나 그때처럼 그렇게 풍성한 눈은 내리지 않았다.

민들레가 피었어요

민들레는 어디에도 핀다. 땅이 척박해도, 심지어는 옥상에도 한움큼의 흙만 있으면 아름다운 꽃을 피워낸다. 그리곤 수천 개의 홀씨로 산화하여 자신을 퍼뜨린다.

용득이가 유치원 가는 길에 보도 블록 틈새를 비집고 올라와 꽃을 피운 민들레를 발견했다. 중학교 담장 곁에 노랗게 피어 있는 민들레는 아이에게 아름다움이 어떤 것인가를 알려주기에 충분했다. 아이에게 민들레는 환희였다.

아이는 민들레꽃을 조심스럽게 따서 가슴에 품고 유치원으로 향했다. 그리곤 자기 선생님에게 그 꽃을 내밀었다.

‘꽃이 예뻐서 따왔어요. 선생님께 드릴려고요.’

쭈뼛거리며, 손으론 옷을 만지작대며 서 있었지만 그런 말을 하고 싶었을 것이다. 젊은 처녀 선생은 이 뜻밖의 선물에 감격해서 아이를 끌어안았다.

“용득아, 정말 고맙구나.”

처녀 선생은 눈물까지 글썽이며 아이가 자기에게 가져다준 봄의 선물을 책상 위 꽃병에 꽂았다. 수천 개의 홀씨로 퍼져 이 척박한 땅에 아름다운 꽃을 피울 아이들의 희망을 꿈꾸며.

맞벌이 부부의 고해성사

아이를 키우는, 그래서 부모가 된다는 것이 이렇게 어려운 일인 줄 몰랐다. 아이들은 그저 들에 핀 꽃처럼 적당한 햇빛과 공기 그리고 자양분만 있으면 아름답게 세상을 밝히리라 생각했다. 그런데 그게 아니었다.

아이가 다섯살 됐을 무렵이었다. 그때는 유치원도 가기 전이라 집에서 장난감이나 가지고 노는 게 고작이었다. 우리는 모두 학교에 나가는 탓에 늘 용득이는 혼자 놀아야 했다. 하루는 아빠가 마침 대학에 강의가 없는 날이어서 집에서 늦잠을 자고 있었다. 잠을 깬 용득이가 안방에 와보니 아빠가 자고 있는 것이 아닌가. 반가운 마음에 아빠를 깨우며 용득이가 한 첫마디가 "아빠, 오늘은 학교에 안 가?"였다. 그때, 용득이는 한없이 행복해 보였다. 오늘은 아빠와 재미있게 놀겠거니 생각했을 것이다. 하지만 아빠는 논문준비 관계로 도서관을 나가야만 했다.

"아니, 조금 있다 가야 해."

그 말을 듣고 용득이는 눈물을 글썽였다. 그 실망스런 표정이란. 버스를 타고 도서관으로 향하는데 가슴속에서 울컥, 뜨거운 것이 치밀어올랐다. 이게 뭐 하는 건가. 그때 비로소 깨달았다. 아이를 키우는 일은 결코 유예될 수 없다는 것을. 그럼에도 우리들은 자신의 일에 치여서 용득이를 잘 보듬어주지 못하고 스스로 자라나는 잡초처럼 그렇게 버려두지 않았던가.

무심한 아빠가 이럴진댄 세심한 엄마의 마음이야 오죽했으랴. 학교에서 아이들을 가르치면서도 수없이 눈물을 삼켜야 했다. 그 안쓰러움의 끝에 언제부턴가 엄마는 용득이를 소재로 하여 '종이그림'을 그리기(만들기) 시작했다. 아이를 키우면서 대면하게 되는 삶의 빛나는 순간들을 그림으로 표현한 것이다. 그림이 한 편 완성될 때마다 아빠는 그림에 부쳐 간단한 글을 썼다. 그것은 아이를 잡초처럼 키운 데 대한 죄스러움과 그럼에도 스스로 잘 자라준 것에 대한 고마움의 고해성사였다.

애초 책을 내자고 시작한 것이 아니어서 우리는 육아일기

를 쓰듯이 하나하나 목록을 늘려갔다. 언젠가 용득이가 우리
의 내밀스런 속마음을 이해할 날이 있으리라 여기면서. 그런
데 삼촌이 와 보더니 대뜸 책을 내자는 것이 아닌가. 이것이
과연 객관적 대상물로서 책이 될 수 있을까 했지만 아이를
키우는 세상 부모의 마음이 다 그러하므로 책으로까지 엮게
되었다. 이제 용득이는 고유명사가 아니라 보통명사로, 우리
들만의 단수에서 모두의 복수로 확대된 것이다.

책을 엮게 되니 순서 없이 해오던 작업을 정리, 보완할 필
요가 생겨 모두 네 부분으로 장을 나누었다. 아이들의 삶과
관련이 있는 동물, 식물에 관한 것, 일상생활에서 겪는 것 그
리고 꿈 혹은 희망에 대한 부분이 그것이다. 처음에는 평면적
인 그림만을 만들었는데 나중에는 형태도 약간 변형시키고
입체 그림도 추가했다.

책이 만들어지기까지 옆에서 격려해주었던 성북동 동두천
식구들, 발문을 써준 제천의 이철수형, 예쁘게 책을 만들어준
문학동네 식구들에게 감사드린다. 올해 생일날은 무엇보다도
좋은 선물을 용득이에게 줄 수 있어 기쁘다.

어른들로 하여금 지나온 삶을 한없이 부끄럽게 만드는 아이
들, 그 아이들을 키우는 세상의 모든 부모들에게 이 책을 바친다.

1996. 7. 5

권순긍. 최선옥

민들레처럼

초판인쇄 · 1996년 7월 15일
초판발행 · 1996년 7월 20일
지은이 · 권순긍 / 종이그림 · 최선옥
펴낸이 · 강병선
펴낸곳 · 도서출판 문학동네
주소 · 110-521 서울시 종로구 명륜동 1가 31-9
출판등록 · 1993년 10월 22일 제22-188호
전화번호 · 765-6510~2, 743-2036 / 팩스 · 743-2037

값 5,500원

ISBN 89-85712-97-7 03810
* 잘못된 책은 바꿔드립니다.